洪茲盈——文字　郭鑒予——插畫

沐沐泅吧
沒關係

目次

人體速寫

藝術村和約瑟夫想像的不太一樣，本以為會是個布置有畫和藝術品，像博物館的地方，但原來是讓藝術家工作的場域。空間由駐村者布置，每個人擅長的領域和需求不同，各顯特色。也有公共區域，例如共用的速寫畫室。

那裡相對凌亂：隨地擺放的舊報紙、畫板和畫架，地板牆上都有陳年油彩，比起用心布置的個人區域，這裡更顯得倉促暫時。

靠牆邊圍出一塊空地鋪開地毯，擺了張貴妃椅沙發，上頭有條絨毯，牆上嵌著L型扶手。在佛蒙特州十二月的凜冬，沙發邊貼心放置一台小電暖爐。

約瑟夫第一次觀摩這份工作時，是由伊薩克擔任人體模特兒。只見他自若地坐在沙發上，將衣服一件件褪去，折好擺在一旁，並在軟絨毯上擺出單腳跪姿，雙手高舉頭部低垂，宛如受封的騎士姿態。

每天早上九點到十二點，兩間畫室，各分男女，供駐村的藝術家隨時進來速寫，但伊薩克說，有時整個早上都沒有人，三十美金的酬勞依舊輕鬆入袋。

「但是我有一個大圓肚。」約瑟夫說。

「很棒吧？大圓肚還可以幫你賺錢！」伊薩克說，他總是一副滿不在乎的樣子，但他是個真正的藝術家，一個生態攝影師，因為接了叢林拍攝的工作必須離開三個月，畢竟是個肥缺，不想讓藝術村另外找到常駐的模特兒，才來請約瑟夫代班。

「三個月後我都不知道還在不在人世。」

「那更不用怕了。」

也不是怕，約瑟夫只是覺得人們會想畫嗎？這個已經被宣告死期的身體。

他還記得觀摩那日，只有一個人來作畫，他也試圖成為作畫的人，拿著繪本盯著眼前的伊薩克，不曉得從何下筆。他胡亂在紙上塗鴉，五分鐘、七分鐘，面前的伊薩克在變換動作以前，都堅定如一尊雕像。

「你可以給自己預設個腳本：」回家的路上伊薩克告訴他：「像我今天一開始是受封的騎士，後來領到寶劍；我背著它，劍卻越來越重，變成我拖著它；我想把那把劍丟棄，卻又想起國王的期許，覺得不能辜負；最後我發現原來那不是劍，而是一個巨大的十字架，但我已經拿不下它了，我像個悲劇英雄。」

「幾乎是部電影了，」約瑟夫拍手叫好：「你覺得那畫者有看出來嗎？」

「沒有，他好像把我畫成一個孕婦。」

約瑟夫笑到喘不過氣來：「天啊。」

「死生同源，」伊薩克笑著說：「不就是個皮囊。」

於是約瑟夫迎來他袒露的第一天，他在畫室等待。穿著衣服卻如坐針氈，一個小時過去門終於被推開，一個東方面孔女子揣著畫冊與鉛筆，走進來挑了一個位子坐下。

「那就開始吧，」約瑟夫裝作鎮定地說：「幾分鐘呢？」

「都可以，你決定就好。」

「五分鐘？」對方沒有回應。

約瑟夫褪下衣褲，昨晚他失眠想了好幾個動作腳本，但此時卻都忘光了。

「有指定的動作嗎？」

「你隨意。」

他感覺到身上的毛孔都張大著嘴巴呼吸，地上的小電暖器奮力吹出熱風試圖溫暖僵硬的軀幹。他站起身斜倚在扶手上，頭微低垂，雙腳陷進柔軟的沙發裡，這才發現要維持五分鐘同一個動作並不容易，臀肌第一個喊累，膝蓋痠脹，沒多久連握著把手支撐的雙臂也開始無力……畫者拿著筆在紙上摩挲，他專心撐住身體，一邊盤算下一個姿勢：或許面對牆壁會比較自在一些……或是乾脆側臥在沙發上休息五分鐘，想像自己是具屍體……該怎麼辦才好呢？

約瑟夫忽然想起昨晚五歲小孫子問他：「人死掉以後，會是什麼樣子？」

「身體會變得硬邦邦的，沒有彈性。」

「那你死掉之後，可以讓我摸摸看嗎？」

當下他沒辦法回答，只覺得悲傷，好像有人很期待他的死亡。

計時器響起，變化動作的時候，繪者依舊沒有指示。他裸著身軀更顯得無助，只好試圖進行溝通：「對不起，其實這是我第一天做這份工作。」

「喔？」原本埋首在紙上的女子被提起了興趣：「怎麼會想要做這個？」

「是啊，我的身體並不美麗。」

「我不是那個意思。」

「啊，對不起，我也不是那個意思，我只是不知道該擺什麼姿勢比較好。」

「就隨意點吧，坐著就好。」

「就這樣？」他試圖維持一個自在的坐姿，雙腳自然放在地上，腰臀有靠，但無論如何他都無法真正放鬆。

「別緊張，我也不是專業畫家，我是來這裡駐村寫小說的。」

這句安慰一點幫助也沒有。

女子再次動起筆來，徒留他一個人緊捏著肌膚。

他遠遠看見一條線在紙上拉起一張皮囊，添加的筆觸逐漸形成輪廓，形成他。

「為什麼跑來當人體模特兒？」女子一邊描繪，再次提問。

「我幫朋友代班，賺點外快。」約瑟夫停頓了一會兒，不確定要不要繼續說。

「嗯哼？」

「然後……我在想，也許能在這世界上留下什麼？」

兩人之間再次陷入長長的沉默，只有筆摩擦紙張的聲音沙沙作響。

「我懂，和寫作是一樣的。」半晌，女子回覆。

「不，寫作太困難了，我不敢……」

「活著本身就很困難，你看，我畫的每一筆都是過去式了，」女子微笑說著，並以慎重的筆觸，輕輕畫下他的身體輪廓：「當下才是最重要的。」

鬧鐘響起，他把聲音關掉，思索著下一個姿勢。

當下才是最重要的，但當下是什麼？當下消逝在女子的每一筆畫中，他覺得自己像個不斷失去的沙漏。

他突然想哭，只好將頭埋進雙腿之間，女子翻了一頁，提醒他：「記得按下鬧鐘。」

交換

伊薩克在睡夢中遭到一陣暴打，捱實的痛感使他瞬間醒來。艾琳正張大瞳孔看著他，伊薩克熟練翻身下床，艾琳下一拳落在無人的枕頭上。

「你是誰？為什麼在我房間？」艾琳追下床，手上舉著一隻鞋子，用殺蟑螂般嫌惡的眼神看著伊薩克。

「嘿！艾琳，是我，我是妳丈夫。」伊薩克試圖解釋，但鞋已經朝他飛過來。「騙子！你這個惡棍，給我滾出去。」

這情況過去也發生過兩三次，精神科醫師給他的建議是：先保護自己，躲在安全的地方，直到艾琳的情緒穩定下來。

伊薩克與艾琳結縭四十幾年，但再長的相處也無法保證失智所帶來的關係質變。伊薩克將自己塞進衣櫃裡，傳訊息給姊姊瓊安，取消晚上的家庭聚餐。

想不到傍晚，瓊安卻還是依約帶來剛烤好的核桃派和一瓶白酒，興致高昂，伊薩克卻感到疲倦，他說好不容易才讓艾琳入睡，折騰了一整天，沒有食慾只想休息。

「我給你弄點沙拉，正好我最近聽見一件神祕的事想告訴你。」

瓊安帶來的消息令人不可置信：她搖晃著花白捲髮攪拌沙拉的同時，說著她那同樣患有失智症的婆婆，近來竟然奇蹟似地復原。

「她已經能認得我是誰，當然啦，這對我來說不是好事，你也知道我一點都不喜歡她。」瓊安皺起鼻頭：「但你能相信嗎？」

「妳是說：一個朋友帶她去了某個教會，然後她回來後就能認得你們一家人？」

「沒錯，而且記得所有小事。」沙拉已經完成，擺上桌：「每、一、件。」

瓊安張大夾子，給伊薩克裝了滿盤：「但那可不是普通的教會，得有人帶路才能進去，我可以請那個朋友幫忙。」

「真的？」

「反正你也沒什麼損失，」瓊安大口咀嚼著菜葉：「最好在你被艾琳殺了之前試試。」

艾琳被接走那天下午，伊薩克難得睡了個好覺。

夢中艾琳陪他去山上拍照，他在溪谷間近距離拍到一隻美麗的鹿，有著白色的身體和金色鹿角，艾琳說那是天使。

或許天使真的來過，並將完好的艾琳交還給他。

她回來時，一頭久沒整理的長髮被剪短了，儘管皺紋依舊但短髮使她清麗年輕，也或許改變的其實是眼神。

她看著他，那雙藍色眼珠說著：她記得。

她的一頭長髮被修剪得粗糙，伊薩克替她將髮尾修齊，換上她喜愛的洋裝，他們一起吃了一頓大餐，還聊著第一次認識時，伊薩克為她拍下的那張照片：她一手提著高跟鞋，在廣場的噴水池赤足涉水，尋找掉落的耳環。

當時念大學的伊薩克，拍下的那張照片立刻贏得了鎮上小報舉辦的攝影展，還登載報上，瞬間所有人都認識艾琳。

自己的照片竟不知道何時被陌生人拍了還登報，艾琳氣急敗壞地跑來找他：

「『你這個無禮的人。』妳對我大喊，非常生氣，我當時真的嚇壞了，想不到妳下一句話卻說：『難道你用我的照片拿了獎金，不該請我吃頓飯嗎？』」

她笑出了眼淚：「天哪，都是因為那張照片……」

「是啊……是啊……」

伊薩克也哭了，他從沒想過，艾琳能恢復到這樣和他聊著往事。

隔天伊薩克刻意起得比艾琳更早，他準備了豐盛的早餐，在桌上擺好刀叉餐盤，鍋裡的培根煎得焦脆，和完美的太陽蛋一起盛入盤中，接著走到艾琳床邊輕輕吻醒她，艾琳緩緩睜開藍色眼眸，瞬間睜大，轉為驚恐。

「你想幹嘛？」

一顆枕頭已朝他丟過來，伴隨著尖叫怒吼，像是把他當成擅闖民宅的竊賊。伊薩克萬沒想到，梳整好的清麗，僅是一夜的曇花。

瓊安朋友的車開來的時候，艾琳已經服藥恢復冷靜，但雙眸仍是時空剪碎的失焦狀態。伊薩克提出想跟隨治療的要求，卻被婉拒，對方淡然地說：「再給她一點時間。」

伊薩克感覺這次等待的時間似乎更長了。在他結束每週固定的人體模特兒工作後，返家又睡了一覺，艾琳卻還未回來。

這次他夢見了他們的婚禮。

醒來後他急著找出那本相簿，記得當時是請攝影社同學，一個台灣留學生幫忙記錄的。相簿中夾著一張賀卡，上面有他的祝福與簽名：Taisan Lu 陸台生。

Taisan 拍下了近百張照片，他最喜歡交換戒指的那一張，捕捉到艾琳臉上同時哭又笑的複雜表情。

艾琳終於在夜幕垂落前返家，伊薩克衝出門迎接。

艾琳回來了、眼神回來了、記憶回來了，伊薩克緊摟住艾琳久久不願放開。

他們和上一次一樣，洗澡、更衣、享用大餐。伊薩克特別找出那張交換戒指的照片，艾琳伸出手接過，卻也在此時，兩人同時驚呼：「天啊！」

艾琳的婚戒不見了，不，應該說，她整根無名指都不見了，但斷指之處沒有傷口也沒有流血，彷彿天生就只有四指。

「天啊！他們對你做了什麼？」

「我完全不記得，但完全不痛耶……真奇妙。」艾琳奇異地看著那隻手，像在欣賞一件奇物。

「我到底做了什麼？」伊薩克的愧疚持續了好幾天，但同時又糾結：如果一根手指能換來艾琳恢復正常，是否合算？

這樣想的他，會很自私嗎？

失落、痛苦、安慰和自私摻和的心情，在伊薩克心底來回攪和半年多。那段日子裡，伊薩克帶艾琳去參加了兩個旅行團，其餘時間大多在家裡，歲月靜好相安無事。慢慢地，安慰的心情覆蓋了其他，就當是種交易，天下沒有白吃的午餐。

自艾琳發病以來就戒酒的伊薩克，也恢復偶爾的放縱。儘管兩人多少還是會為了像是：堵塞的洗臉槽、莫名在床底下發現的酒杯等小事吵架，但最後艾琳總是會說：「別以爲我會忘記。」

如果妳能一直記得，那最好了。伊薩克心想。

事實上，總是忘記的人是他，酒後老是失憶，發生了什麼隔天也不敢多問，直到某個早晨，他再次被艾琳踢下床，還未搞清楚發生什麼事，又一只杯子朝他飛過來。

她的眼神再一次回到破碎失焦，惡夢終究會回來，不知道這次艾琳又會失去什麼，總之他絕對不要失去她。

車子再一次輾過門前的草皮接走艾琳，伊薩克假裝揮手送別，接著鑽進自己的車裡悄悄跟隨。

車子駛入一條僻靜的鄉間小路，伊薩克得保持一段距離才不會被發現。跟車過了幾個轉彎，來到一個山洞前，那台車突然消失了。

山洞開口窄仄，不可能容得下車子通過，伊薩克將車停在洞口，隻身進入。

洞裡潮濕無光，伊薩克摸著山壁緩慢前進，忽而地上有光，來自他踩破的一顆陌生種子，他就著光尋找下一顆種子，一路踩出了光徑，接著他聽見水聲，循聲靠進，見一個女人袒裸上身在梳洗。

「嘿！」伊薩克大喊：「抱歉我無意打擾。」

那女人轉身過來，竟是艾琳。

「艾琳？」伊薩克喜出望外，涉水靠近，卻見艾琳的身影竟越來越扁，如消風的氣球，僅剩一張皮浮在水面之上。一隻臭鼬從底下跳出，對伊薩克放了一個巨響的臭屁。

「你竟敢跟來？」臭鼬說：「人類真是不守信用。」

伊薩克想撲過去救艾琳，但眼睛被臭屁熏出了眼淚，一個踉蹌整個人跌入水裡。所幸水很淺，當他抬起身子，臭鼬正在折疊艾琳的皮膚，方方整整，彷彿折疊一件大衣。

「把艾琳還給我。」

「她早就不是你的，她的靈魂已經離開這個身體了。」

「我早上才見到她。」

「那是我，之前剪短頭髮的也是我。」

「就算你能假扮她，也不可能擁有她的記憶。」

「記憶一直存在腦子裡啊，腦子不也是身體的一部分？」

「那她還能是什麼？」

「純淨的靈魂。」

「好，就算她的靈魂離開了，你也沒有權利拿走她的身體，你這隻臭老鼠！」

「我跟她早就說好了喔！」臭鼬拿出一塊石板，上面寫了一堆看不懂的文字，以及艾琳的親筆簽名。

「上面寫什麼？」

「原本今天我也會穿上她的身體去見你，但這次她會少掉一隻腳掌。」

「腳掌？為什麼？」

臭鼬拿出一個木箱子打開，裡面有一束銀褐色的長髮、一根無名指與完整的右腳掌。

「都在這了。」

什麼意思？

「艾琳恨你，徹頭徹尾地恨著。她對你們相識的恨留在頭髮上、對嫁給妳的恨留在無名指上，而對你每次酒後打她，以致骨折的恨，則是留在腳掌。石板上面寫的就是：我不會忘記我有多恨他，我願用一切換來真正的自由。艾琳」

臭鼬將石板抽走，連同皮囊放進木箱子，伊薩克想要強奪，臭鼬雙手舉著木箱子跑遠，伊薩克正想追，臭鼬卻再次打開箱子，抖開艾琳的皮囊披上。那本來應該拐跛的瘸腳，並無礙她的行動。

她如精靈般輕巧滑步，沿著植物光徑，消失在不遠處的洞口。

黑布下的攝影師

陸台生的照相館要收了，下了很大決心才將相機跟器材賣掉。陸伯一輩子靠攝影維生，卻禁不起時代輾壓，膠捲停產，相機式微，早期他埋身在黑布底下為人拍下一幀幀人像，花好幾天在暗房沖洗的時光已不復見，機器取代了他的手和眼，兒子旭祺不願繼承，加上房東通知店面明年要都更，終究還是得做這艱難的決定。

但凡決定了就不難，難的是牆角那幾箱無人認領的老照片。

經營數十年，有些照片年代更遠，除去館內拍的人像，還有許多生活照。陸伯早年也曾在風景區當攝影師，許多人拍照紀念，卻種種原因未能取照；也有大量的街角巷弄的人物抓拍、拍壞的、無主的……陸伯一向仔細，凡拍人像必會記錄聯絡方式和地址，但仍偶爾會遇到被退件或查無此人的狀況……

無論如何，找不到主人的照片，他一樣悉心歸檔。

店歇在即，旭祺每日將這些相片分批貼在櫥窗上供人認領，也全數掃描上傳，供人分享協尋，這些網路的新方法陸伯半點不懂，只盼歸還一個是一個。

本像是大海撈針，沒兩天忽然有了巨大的進展：一名雜誌記者路經，覺得有趣，隨手在網路寫了篇文章，瞬間引起光速瘋傳，霎時間前來認照、朝聖的人多了起來，雲端瀏覽數也衝高，很快就有數十人回來拿照。

一名老客人二十幾年前來拍了證件照，當時因家中變故臨時搬走，多年後竟輾轉在網路上見到年輕時的自己。老客人心中感慨萬千，對陸伯說了好多當年的事；還有另一組家庭客，當年抱孩子拍了滿月全家福，現在孩子都已經比父母高，新領的舊照讓一家子開心無比，直要陸伯再用手機幫全家合照一張。

「想不到時代都過了，留下的照片還更有意義。」陸伯喃喃說完，開心地乾掉一整杯高粱。旭祺也替父親感到驕傲，他聯繫上那個記者，請他把後續這些美事也一併報導出去。

翌日，記者和陸伯泡茶閒聊，陸伯好奇地把玩他使用的新式數位相機，邊看邊搖頭說：「我還是喜歡底片。」

忽然一個年約五十的女人匆匆進門，亮出手機上的相片問：「這張照片在這裡嗎？」旭祺一看，馬上找到信封。不同於其他人像攝影，信封裡僅有一張相片，而且影中人是側面，沒看鏡頭，神色倉促但五官非常清楚。

旭祺向女人確認：「這位是？」

女人說：「是我過世的父親。」

「啊，對不起。」聽見旭祺道歉，陸伯抬起頭。

「不，別這麼說，我才要謝謝你們。」女人接過相片，仔細地端詳上頭父親的樣貌。

「您父親怎麼沒來？」旭祺問。

「他不在了，是媽媽認出來的。」

「對不起。」

「不不不，那是好多年前的事了。有一天忽然就被警察帶走，我那時還在我媽肚子裡，我媽懷著我，每天跑警察局。結果突然就被通知說病死在裡面。我媽當時……也不敢多問。」

她留戀地看著照片中陌生的父親：「家裡沒有太多他的照片，我一直不太知道他長什麼樣子。」

女人又問：「這是誰拍的呢？」

旭祺看向陸伯，女人眼神追上來：「你跟我爸是朋友嗎？你那裡還有他其他照片嗎？」

陸伯走過來接過照片，心中一凜。

女人熱切看著陸伯，旭祺也一臉好奇，記者舉起了相機，每雙眼睛都望著他時——

照片中人的姓名、住所、電話，平常都與哪些人往來，他都非常清楚。

他和他不算相熟的同學，但他偷拍過對方許多照片，全都跟著報告一起呈交上去，唯獨這張可能遺漏了。

對方很危險嗎？他不太確定，有人找他監視，說這樣是愛國，他就做了。甚至收受報酬，但拿了錢他又莫名感到不踏實，進而在報告上加油添醋，杜撰幾個事件，聊以交差。幾個月後，任務忽然結束，他卻有好長時間不敢出門，即使都出國念研究所，也還深怕被人找到，交辦新任務。

那都是好年輕時的事，應該都過去了不是嗎？雖不至於以為對方從此安生，但萬沒想到是這般結局。

他果斷地搶下照片，先將它撕毀，並在眾人尚來不及阻止前塞進嘴裡，囫圇吞下：「不是我，不是我，都是他們要我做的啊！」他想說，但紙團卻硬生生地哽住他的咽喉，一個字也吐不出來。

尋常一日

並非感到難過傷心或憤怒，只是眼淚仍默默流淌出來。瑜伽課最後的攤屍式，小楚一度感覺到睏倦，隔壁鼾聲隨之響起，她意識到就算睡著也只有幾分鐘，半閉著眼，淚水從眼頭滲出積在眼窩，她輕擺頭，眼淚越過山根流到另一邊，掉在瑜伽墊上發出「噠」的一聲。

單邊的眼淚是病，但她已經好久都哭不出來了。

「鼻淚管阻塞，但我沒辦法幫你治療，得找外科做。」還在美國時她曾求診眼科，一百多塊美金只換來一個病因。眼淚不止，嗅覺卻忽然打開，一開始是嗅到丈夫身上別的女人的味道，後來婚姻越變越糟，鼻子也越來越靈。

例如十幾年沒回來，台北忽然到處都是擺滿彩票的黃色小店，有次路過瞄見透明桌子下，一疊面額兩千元的超大張刮刮樂，鼻竇深處竟生了股錢味。離婚回來半年多，官司還在打，手頭並不寬裕，但那氣味還是牽著她走進去買一張。接下來，幾乎是以刮一中一的方式在開獎，每一刮都中一百，二十五個中獎機會她中了兩千五百元。

「倒賺五百。」換錢時小楚在嘴裡嘀咕，但心裡很開心，覺得自己難得好運。

記掛著下午要跟旭祺去看屋，攤屍式的幾分鐘瞬間變得好長。

旭祺總說：「來跟我住就好了啊，離捷運也近，妳東西又不多。」她卻總想換個地方重新開始。

旭祺的父親是開照相館的，早年收入頗豐，家也住在蛋黃區，他卻自己搬出來租個頂樓加蓋，冬冷夏熱，窄仄空間僅容得下一張雙人床和一張書桌，壁癌層層剝落，露出水泥原本的顏色，而且隔音超差。

她初次來訪時，旭祺特地用過年禮盒的包裝紙貼起來，卻更顯突兀。旭祺品味之差，令小楚不解，每每逛街，他挑的款式配色都奇異無比。

「美感不會遺傳的嗎？」小楚捉弄似地問，旭祺總是顧左右而言他。

會不會其實旭祺的家境並不好，開照相館、住在鬧區什麼只是胡謅的吧？小楚在心底思索著兩人之間的界線。

旭祺有時也會說想搬家，畢竟這層加蓋隔了六間雅房，卻只有一個浴室，晚上洗澡還可以排，煩人的是早上出門前得搶馬桶，好幾次因為搶輸而遲到。

只是貪得他工作的補習班離這很近，走路三分鐘，附近也充斥飲料店和眼鏡店。

「如果附近有連鎖眼鏡行，表示這條街是這區最熱鬧的。」旭祺試圖扭轉她對這裡的印象。

旭祺視力2.0，當然不需要眼鏡店，當補習班班主任每月領四萬多，也允許住條件更好的房子，但若要在這附近找稍大一些的住所，房租就不止翻倍了。

「可以住遠一點啊，上班多花十分鐘，」躺在他下面的時候，她淡淡地說：「你可以騎車上班。」

「我沒有駕照。」

「啊。」

旭祺不知道她這一聲，是因為舒服還是驚訝。

「去考吧，不難。」完事的時候她說：「我也會騎。」

離開瑜伽教室，距離看屋時間還有四小時。回國這段時間她借住在妹妹小琦那裡。小琦因工作關係作息不定，老是說要打把鑰匙給她，但遲遲沒有，小楚也不好意思催，若等不到人，只能先到旭祺的地方待著，等小琦回來。

她曾問過小琦：「妳都不想結婚嗎？」立刻被回了一雙白眼，意思是：妳自己都離婚了，竟還執著要她結婚？

「我是運氣不好，」小楚試圖辯解：「妳不一樣。」

小琦眉毛一挑，說：「這世界上不知道自己該做什麼，只好趕快把自己嫁掉的女性還嫌不夠多嗎？我很多事要做，沒空結婚。」

小琦是拍片的，成天扛攝影機忙進忙出，不知道拍了些什麼。有時整個人搞消失般兩三個月聯絡不上，說是在閉關寫劇本；有時出國個把月，說參加什麼影展工作坊的，庸庸碌碌好幾年也不見她有什麼新片產出。

但，一邊擔心她把自己過得有一頓沒一頓，一邊又羨慕她似乎樂在其中。

幾年前，小琦和她當時的攝影師男友，來美國拍攝過她和前夫。

那是她第一次看見小琦工作的樣子，什麼都新鮮也什麼都拍，鏡頭老跟著她屁股後面，也不曉得拍這些要做什麼？有誰會想看她在烘衣機裡丟一堆烘衣紙、在廚房修廚餘攪碎機、在花園趕浣熊，或是在夜裡喝酒跟妹妹哭訴丈夫都不回來？

那時候前夫早已外遇，對象比自己小十五歲，完全沒有贏面。她當時想，只要死不離婚，趕快生個孩子，或許就不算輸。

「白痴。」小琦罵她。

眼科醫師身上有股黃瓜味，她想著，默默把臉靠在儀器上，儀器推近她的眼睛數秒，又拉開移向另一隻眼，機器移動時她能聞到海水腥鹹的味道。

「鼻淚管塞住了，幫妳通一下，先後面躺著。」

小楚躺上診間床，緊緊閉著眼睛，護士撐開她的眼皮滴了幾滴藥水，接著醫師拿起一根細長的鐵鉤，翻開她的上眼瞼往那個像是海豚氣孔的地方伸進去，小時候還以為自己是海豚轉世才有的孔洞，原來只是淚小管。

她感覺到眼皮被拉扯，海鹽味不斷襲來，一股雞皮疙瘩覆蓋上臂膀，鐵絲從上眼皮伸出來又挪到下眼皮。醫師喃喃說著：「上面淚管通了，下面可能有沾黏，不好通，妳下週再來一次吧。」

鐵絲離開她兩個眼洞，她坐起來用紗布拭眼，白紗布上全是血水。

要走進體檢室時，旭祺覺得老二熱熱的，不知道是緊張還是昨晚的餘溫。穿著白袍的小楊抬頭看他走進來，很有默契地裝不認識。依序排隊繳交體檢表，量身高體重，然後站在那本小冊子前面。

小冊子上面畫了兩個大圓，小楊跟他說過：「左邊是49，右邊是13，如果我翻頁，會翻到左邊是28，右邊是67。」

49、13、28、67，旭祺在心裡默記，低頭看那本冊子上的兩個大圓圈。只能看到密密麻麻的圓點點，數字究竟藏在哪裡？

小楊指著左邊，旭祺說：「49。」

翻頁指右邊：「67。」

小楊點點頭，示意他往前走，後面做幾個簡單測試，體檢就結束了。

小楊還念高中時，父母常不在家，他總是留在補習班自習。旭祺會特意留著燈裝忙讓他留下來，直到午夜才關門。他跟小楊差二十歲，算是叔字輩，但小楊都叫他旭祺哥，小楊考上醫學院時，他比他家人還早知道。

筆試結束他看看時間，還有一個小時。

同事騎車載他來，坐在觀眾席滑手機等他。排隊路考的人不多，他猶豫了一下才接上隊伍尾端，放眼望去全是年輕人，像他這種年紀的阿伯，十足令人懷疑是酒駕被吊銷執照得來重考。

排隊時烈日曝曬著他的脖子，汗水滲濕了整件衣衫，他耐著性子等，盡量放空腦子，因為思考總會讓他緊張……

直線七秒非常順利地過了，正得意之時，下秒忽然鈴聲大作，壓線，扣32分。

「考試結束了，過來，下禮拜再考吧。」路考的管理員對他喊道。

和房東約好的地方是間帶電梯的華廈，大廳擠了六七個人，旭祺遠遠看見小楚戴著眼鏡，一手拿著折疊方整的衛生紙擦拭眼角。

在哭嗎？旭祺心裡微微一凜，走上前去。

一個微胖男子從旭祺後方小跑步越過身，掏出一串鑰匙，人潮自動退開讓他開門。電梯很小，僅容得下四五人，胖男子先走進去，另一對夫妻帶著小孩趕緊跟上，剩一個站位，電梯外還有四五個人蠢動著，她跟旭祺說：「我先上去。」旭祺點點頭，見她眼睛腫腫的，還是對著他笑才鬆了口氣。

屋內空間不大，一房一廳沒有家具，等旭祺進屋時她已經走完一圈了。

第一對夫妻的太太立刻攀上了房東的肩膀，拉著他到角落碎碎說話。租屋市場總是需求大過供給，戰爭已經開始，旭祺卻一點參與感都沒有。

小楚站在陽台邊往下看，這裡是七樓，窗外沒有風景，只有對面棟的窗戶。旭祺走上去問她：「喜歡嗎？」

她不置可否：「這邊離你補習班不會太遠嗎？」

旭祺說：「是還好，但我今天機車路考沒過。」

她轉過來看著旭祺，浮腫的眼睛看起來非常憂傷，旭祺急著說：「直線七秒一過，太開心就壓線了，我下週會再去考。」

她說：「又沒關係。」

她其實也不太喜歡這裡，交通不便、與隔壁棟距太近、租金又超出預算，而且打從一進門，她鼻尖就升起一股腐爛味，房子雖然空蕩蕩的什麼也沒有，但直覺就排斥。

眼角繃得難受，她驟然想起眼藥水每三小時要點一次，轉身往浴室方向去。關上門，鏡中眼睛浮腫的程度連自己也嚇一跳，她拿起眼藥水點了幾滴，再看鏡子反覆確認，遲遲不想踏出去。

「五分鐘後要點另外一瓶」，她在心裡默記，抽出一張面紙把滴淌下來的藥水擦乾。

先離開這邊再說吧，等下一起去吃個冰。她一邊想著，打開廁所門時，人已經少了一半。第一組家庭不在了，另一組人正要離去，房東還站在門邊的屋角，旭祺在與他說話，邊掏出五千塊點了一下交出去。

她快步走上前去，房東看她一眼，問旭祺：「你太太？」

旭祺說：「未婚妻。」搶租策略：夫妻比男女朋友更有穩定性。

房東拿出一張事先印好的紙，是張簡易型的訂單，上面已經打妥一些文字，房東在空白處寫下5000，把筆交給旭祺要他簽名。

「那這樣訂金我就收下了，下週簽約可以嗎？」

「你下訂了？」她看著旭祺。

「對啊，我想說妳好像喜歡。」

「還好你們動作快，剛剛那家人本來也想租，那個太太跟我砍價太凶，還是妳先生明快，疼某啦。」房東促狹地說。

她不置可否。

旭祺點了兩碗冰，端到座位時她才剛從門口進來，一坐下就打開拿在手上的錢包，點了五千元給旭祺。

「做什麼？」

「我不想租那房子，但我也不希望你賠五千，所以我出。」小楚說，舀起一口冰放進嘴裡。

旭祺沒接過錢，眼神垂然，嘆了口氣。

「對不起……」她放下湯匙，把錢從桌上收回去，胡亂塞進包包裡，她意識到自己做了件蠢事。前夫也說過受不了她這種不服輸的性格，儘管她不服氣，但此刻還是覺得應該道歉。

旭祺卻說：「不用說對不起，妳喜歡比較重要，妳不喜歡也一樣重要。」

她完全沒料到他會這麼說，這回換她沉默了。

旭祺故作輕巧地轉移話題：「你知道現在考摩托車路考很難嗎？有八關。」

「啊？我二十年前考的。」

「之前我在河濱公園旁的機車練習場練了很多次，直線七秒啦、變換車道啦、直角轉彎都很熟了，可是今天去考的時候，我沒有料到現場會有紅綠燈，結果就衝過去了。」

「因為太緊張嗎？」

「小時候我很討厭上美勞課，因為老師常問我：為什麼我的長頸鹿是紅色的？同學都覺得我是怪咖，其實我只是色盲，紅色讓我有安全感。

同學們會帶24色、36色、72色的色筆，對我來說，12色就夠了，反正看起來都差不多。玩跳棋的時候也是，我一定挑紅色的棋子玩，因為黃色綠色各自走到什麼棋局，我是完全看不出來的⋯⋯所以，我其實很少跟別人說我爸是攝影師，我怕大家覺得我在騙人。」

小楚下意識地低下頭，啊啊，原來如此。

「我看不懂紅綠燈，平常都靠記燈的位置，最左邊紅燈最右邊綠燈，但今天考場的紅綠燈是直的，三個燈都是紅色的，我就騎過頭了。」

她囁嚅：「對不起，我都不知道這些。」

「又不是妳的錯。只是我時常覺得，這個世界上好像還有很多很多別人知道，但我不知道的事……所以我好像比別人矮。」

她忽然懂了，為什麼這樣溫柔的男人會到四十幾歲還沒有太多感情經驗，他矮在心裡，看不見自己。

「好吧！做為交換，我也告訴你一個祕密：

我其實常會聞到別人聞不到的氣味，不知道是不是幻覺，就像有人能看見鬼，但鬼還會和他說話，氣味不會。第一次發現這個能力之後就發生了很糟的事，所以我覺得它像是一種惡運的提醒。」

旭祺愣了一下，才說：「不會啊，我覺得很酷。」

她忽然聽懂了旭祺的遲疑，連忙說：「但你家不會，你的味道很舒服，比剛剛那裡舒服很多。」

旭祺一聽，整張臉和冰一起融化開來。

離開冰店，兩人手牽手站在路口等紅燈。

「那妳聞得到綠燈的味道嗎？」旭祺問。

她閉上眼睛，深吸一口氣說：「綠燈像普洱茶的味道，紅燈是檀香，黃燈很短但刺鼻，像酒精。」

旭祺也閉上眼睛，想著普洱茶、酒精跟檀香的氣味。這是他第一次真正認識綠色和黃色。紅燈停了一會兒，沒多久便轉綠，他彷彿也聞到了淡淡的普洱茶香。

偶遇

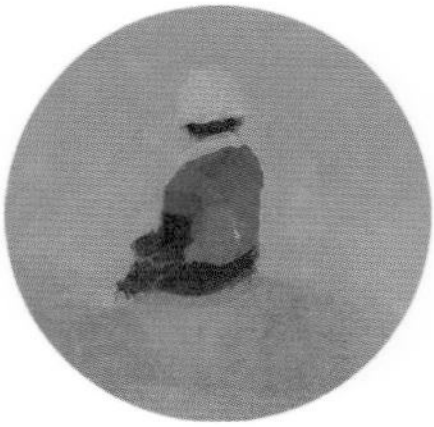

小琦在大太陽下等公車，炎熱難耐卻無處可躲，時間被蒸騰曝曬後彷彿拉長了十倍。整個禮拜都悶在家裡寫新劇本的人物設定，夠累人了，難道不值得為自己花點錢，攔一台涼快舒服的計程車，去開那該死的編劇會議嗎？但凡這樣想，車也不會來，電視劇裡面：「當她這樣想的時候，車子正好來了。」這樣的事很少發生，通常都是：得真正坐上計程車，公車才會來。

公車終究會來，陳舊的椅子設備，內部空調將陳年黴潮分子吹在人們的髮梢上。小琦找了個空著的雙人座，靠窗雖熱，至少頭頂尚能分得一點冷空氣的施捨。

等下的會議要討論男主角的人設：一個高學歷，卻歷經中年事業失敗與妻子外遇，為了養一雙兒女，50幾歲還從鐵工學徒做起的中年男子阿吉的故事。

製作人質疑她：「高學歷的人怎麼可能跑去做工？」

人生哪有一定？就算她這樣講，大概也說服不了。但她想，無論如何今天一定要保住阿吉這個角色。

下一站擠上來十幾個人，肉體和汗氣將走道塞得密密實實，幸占得一席座位，她滿腦子只想著要如何在等下的會議取得說話權，完全沒意識到窄仄的雙人座坐進了另個人。對方掛在腰間的榔頭數次卡過她的腰，她才轉頭看：

那是個工人模樣打扮的人，兩人眼神一對上，對方便問：「小姐，請問如果我要到光明路是在下一站換車嗎？」

「你也可以等過橋再換。」她答。

「好、好。」

她又回去腦中攪拌角色設定，但隔壁不斷投射眼神過來，她完全沒有迴避空間。

「小姐，妳看起來很年輕，怎麼有這麼多白髮，妳是老師嗎？」

她整天寫本，用腦過度，未到四十就白髮叢生，簡單回應：「我不是老師，只是少年白。」

「不是老師，氣質還這麼好，高中念哪裡？北一女嗎？中山？」

「都不是。」她淡淡報了一間在公立聯招裡吊車尾的學校。

「我念成功的，」對方忽然說，帶著一臉驕傲：「但妳看我現在這樣。」他攤開雙手，希望她好好看看自己：

黝黑的肌膚刻上深色皺紋，頭上戴著黃色安全帽，身著長袖POLO衫，袖子和衣衫上幾處燒破，袖套拉到手臂，手臂上有個很長的燙傷癒合傷疤，從手肘延伸到手腕，雨鞋上都是泥灰。

「大學我念的是金融，一畢業就進大銀行做事，三十歲就當上經理，那時候正好遇到公司要被日本一家大銀行併購，我帶一群散戶搶買公司股票，那時候我經手的錢隨便也有十幾億！全部的人都在等併購那天股票大漲，結果併購的時間一直往後延，後來才知道，公司放併購消息出來炒股價，連內部的人都騙。」

等不及小琦回應，他逕自又接著說：

「時勢造狗熊啦，後來併購沒成，公司股價大跌，我一堆散戶找上門來找我算帳，我只好去跳樓自殺，結果妳知道怎樣？樓不夠高一條腿斷了，工作也沒了，能怎麼辦？每天在家喝酒啊！搞老半天，老婆也跟人跑了，我兒子也被老婆帶走。」

「那你為什麼會跑去做鐵工？」

「妳怎麼看得出來？家裡有人做工嗎？」

「沒有，就……有研究。」

「因為，我老婆的小王會打我的小孩，我真的是，幹，要跟他拚命。我小孩被打到跑回來找我，我當然要養活他啊，我想找工作也不敢去問同學，人家都高高坐在金字塔上，不像我這麼丟臉。我跟妳說，人要爬上去很難，但要往下滑跟溜滑梯一樣，咻一咧。那時，我家附近有一個鐵工廠招學徒，我就去問那個比我還年輕的師傅，願不願意收我當徒弟，學了點基礎就跟師傅鬧翻了，只能四處打零工，現在賺一天是一天。」

她別過頭，看向窗子上自己的倒影，喃喃問道：「30歲那時的你，是不是從來沒想過，59歲的願望竟然是有一家自己的鐵工廠？」

「不怪別人，是我命不好啦。」他說。

車內仍然熱得像隨時要冒煙的蒸籠，但車已悠悠過橋，準備到站。

他站起來跟她揮揮手說：「漂亮小姐，謝謝，我要下車了，我姓陳，勸。」

「嗯？」

「Chen，陳，叫我阿吉啦，Nice to meet you.」

說完，他便擠出一條道路向前，人群很快又縫合，小琦看向窗外，黃色帽子被啟動的車子拋在後方，她這才回過神來。

「Nice to meet you.」

渡

他們在山頂的巴士總站下車，站牌在路的盡頭，向山下望去整片都是樹和草，還有一個像是從樹林子鑽鑿出來的下山口，立著斑駁的指引木牌：渡船口。

這趟車滿載，除了阿漢之外，每個乘客都是頭髮花白的長者。

下了車，從山頂這頭完全看不見河，更沒想到一走進下山口，眼前竟是一道無止境的下樓階梯。

階梯一邊貼著山壁，另一邊全是雜亂蔓生的植物與萬丈深坑，阿漢小心翼翼地隨隊伍下行，心中不免萬幸，到達山下搭渡船就不必折返。

下坡路大致輕鬆，難免曲折輾轉，但就算偶遇休憩平台或長凳，也沒有一個長者停下來歇息。阿漢時常和父親去爬山，對於山路上的老人莫名升起一股責任感，於是刻意放緩腳步，殿後隊伍。

他陡然注意到，走在隊伍最末者，是個衣衫襤褸的老者，走路的樣子和父親很相像。

父親曾是個登山愛好者，但他十分討厭下坡路，父親總說：「下坡除了輕鬆沒有任何好處。

因為要一直留心腳下。只能看著腳，視野也會變小。」

阿漢緩下步子，試圖移動到老者身後，想不到對方也跟著放慢腳步，不讓阿漢專美於後。

阿漢見前方有一個涼亭，便走過去假裝休息，想等他經過，對方竟也停下腳步，背對著他伸長手腳拉筋。

阿漢察覺：我不動，他不動，這樣不對，便問：「大哥是在等我嗎？」

他笑了，說：「大家都急著去搭渡船，你怎麼在這裡休息呢？」

「我不急。」阿漢回。

「我也不急。」

那便一起走吧。

除了某些窄道，兩人得分前後，但凡一般路道皆是並行。

「怎麼稱呼？」

「叫我阿吉就行了。」

「阿吉大哥，我是阿漢。」

「這段路很辛苦吧？」

「是啊，但大哥你剛剛也不像在休息。」

阿吉笑笑：「你腿腳感到辛苦嗎？」

「那倒是沒有。」

「是啊，辛苦的是心。你想想：一路到底，沒什麼可期待的，遠不如爬上坡時，痠疼卻踏實。只要一想到站上高處能看見的天地開闊，再苦也會逼自己往上走。」

「我爸也說過跟你一樣的話，他還說：『累才好，有活著的感覺。』」

阿吉聽了，轉頭一直看著他，臉上掛著笑意。

「真好。」阿吉羨慕地說。

「好什麼？」

「不知道我兒子會不會記得我說過的話。」

和他說這話時，阿吉正好背光，因為看不清楚他的容貌，阿漢頓時以為見著了父親，眼淚不自覺嘩啦啦地流下。

「對不起……我忽然想起我的父親，他一個人留在安養院。」

阿吉伸手拍拍他，他的袖口和膝蓋處，都有明顯磨損的痕跡，似乎流浪了很久，手臂上還有一條很長的疤痕。

「我兒子也跟你差不多年紀，」阿吉說：「但他一事無成，遊手好閒，十幾歲就跟女朋友生了兩個小孩，一個一年級一個三年級，女友也跑了，兩個孩子跟著他吃苦，不像你，有為青年。」

「沒有，我不是。」

兩人又並肩下了好長一段階，阿漢是第一次來這裡，但阿吉卻像是來過很多次，在哪裡要繞過石頭，在哪裡要跨過傾倒的樹幹，在哪裡又要低頭略過垂掛的老藤，他都一清二楚。下坡路輕鬆，沒有人大口喘氣、沒有人汗如雨下、也沒有人對風景期待，所有人只是頭也不回地趕路。

總算能從樹葉的縫隙間，看見河上波光粼粼；再更往下，便能看見渡船口排隊的人龍，早已百轉千迴。

阿漢忽然也急了，心想行到如此低處，應該不會有什麼危險了，身子忍不住提氣前傾，忽又回頭，見阿吉舉起手向他擺了擺，要他儘管前去。

阿漢也向他揮揮手，加快腳步，再轉半個山壁，階梯就到了盡頭。

一踏下入山口，原本空著的口袋，瞬間鼓脹起來，阿漢從口袋裡摸出兩疊豐厚冥紙，抽出其中兩張，在售票亭報上姓名「蔣世漢」就換得了渡船票，還順便買好兩次托夢，可以回去見見獨自在安養院的老父親。

意外來得太突然，父親趕到醫院時，連他的最後一面都沒能見上。

不知在隊伍中排了多久，才見到阿吉緩著步子悠悠走來。阿漢露出一副識途老馬的模樣，向他指示售票亭的位置，沒想阿吉卻搖搖頭，說自己沒錢。

就算兒子整天遊手好閒，總不該連紙錢都買不起？阿漢沒把話說出口，逕自從口袋拿出幾張冥紙交給老者，但他一鬆手，冥紙又會瞬間回到自己的口袋。

阿吉像是早就知悉這一切向他擺擺手，說：「沒用的。」

「那你要去哪？」

「我走上去看看，也許運氣好的話能等到一台回頭車。」

老者正要轉身，阿漢比他更急：「上去幹嘛？上面怎麼可能有車？」

「上坡總有希望啊！」他呵呵笑著：「我這樣來來回回走了好幾萬次了，你還是第一個跟我說話的。」

阿漢抓著袖口摸著口袋：「我可以怎麼幫你？」

阿吉看他這樣，只好吐實：「沒有別的辦法啦。除非我兒子把我的身體從家中冷凍櫃裡拿出來下葬，再為我燒點紙錢。」

冷凍櫃？

「他殺了你？」

「不是，我是病死的，但他沒將我下葬。」阿吉悠悠地說：「不過不要緊的，如果能一直這樣也很好。我頂多只是渡不了河，但還能渡渡他們，靠我的老年年金過日子，謝謝你，真的謝謝。」

說完，阿吉轉身走回入山口，乾瘦的身子骨裝在襤褸衣衫裡，此時看來竟像個仙人。他瞇眼仰頭看山，露出一臉期待，一階一階地往上去。

盛夏的九重葛

女兒若銀已經好久沒有來看她了。

因為疫情嚴峻，政府呼籲人們盡量減少往來通勤，從交誼廳的電視新聞裡看見外頭人心惶惶，她卻彷彿置身另一個世界。

住在這的每個人都和她一樣老，或者更老，她才72歲而已，能走能動能自己端盤子到餐桌上，還能看盤和人聊聊股票走勢，在這裡她算是妹妹。

但年輕並不是好事，她總是為此糾結，年輕代表自己很早就被送進來了，而進來的人很少是走著出去的，儘管這裡在飲食和醫療上都提供很好的照顧，可其實每一個人都是孤島。

「如果哪天我不行了，拜託直接讓我走。」她總是這麼對照顧她的人說，雖然生死從來不是讓不讓誰走的問題。

前些日子聽聞隔壁房蔣大哥的兒子，因為車禍意外離開了，本來總會跟她一起聊股票的他，從此再也沒出過房間。

就昨晚，半夢半醒間聽見有人在走廊上奔跑的腳步聲，今天就聽人說蔣大哥半夜突然呼吸不過來，送進醫院了。

鈴聲跑步聲像是心裡的未爆彈，即使不響也足以讓她每夜驚醒。是不是只要能早一步接住離開的消息，就不怕疼痛會打在心上？

於是，唯一能期待的事，只剩下女兒若銀來院探訪，但她們已經好久不見了。上一次見女兒時，她還特地染了頭髮，兩人拍了張合照，但若銀一直沒把照片洗好送來。以前她教人做裁縫，身上總穿著自己打版的好看洋裝，髮型當然會搭配最時髦的捲度。忘記什麼時候開始她就不再打扮了，髮漸稀疏，長髮也不合適，過肩了就自己隨意剪剪，久而久之連鏡子都不大愛照。

每個月的五號，安養院內總是熱鬧，因為行動美容師們會以很低的費用來服務他們。老人們總是對這天感到興奮，早早就搶先預約等候。看著其他人頂著新髮型一臉喜悅的樣子，她也總會幻想著，若是染一頭紫紅色頭髮，若銀看了會說什麼呢？

就像舊家外牆上，如瀑的九重葛。

「婧甲若一蕊花咧。」若銀會用像是稱讚她，又像是取笑她的口吻。

奇怪，若銀又沒看過，怎麼立刻腦中就有了她說這話的表情呢？

多數人都選擇剪髮或染黑，也有好些人會燙捲，因為頭髮稀疏，捲髮總是精神點，她總在內心撇嘴：好普通。

交誼廳的電視主播播報著：疫情已經降溫，三級解除。她的心思忽然晃了一下，站起來走到服務台去給自己預約：下個月五號剪髮、染髮。

明明還要等上好多天，但心情忽然被打開了，充滿期待。會變成什麼樣子呢？若銀看了會嚇一跳嗎？

兩週後美髮師依約來了，這回終於輪到她坐在美髮椅上，她看著鏡中的自己卻不禁困惑：我為什麼會坐在這裡呢？

當美髮師將毛巾折進她的領口，她突然感到被冒犯了，一把扯下毛巾扔在對方地上：「幹嘛？我又沒有要弄頭髮！」

年輕的女美髮師非但沒有生氣，還溫柔地拾起毛巾重新披覆上她的肩膀：「修一下，染好會很漂亮，我有準備妳指定的顏色喔！」

對，紫紅色的。

舊家外牆的九重葛總在冬天密會，像是籌備即將到來的盛宴。它們蠢蠢欲動，然後在盛夏時節噴炸一整片紫紅在牆上。

彼時他們一家三口住在有花盛開的屋裡，日子雖也有春夏秋冬，但回想起來都是豔紫色的美好。

她想起來了，是為了若銀。她點了點頭。

花白的頭髮被噴濕夾妥，分成前後左右四份，剪刀在耳際輕快地動了起來。刀刃銳利，銀白色髮屑稍被碰觸就落了下來，削短的髮尾勾勒新的輪廓，她看著鏡中的自己，安安靜靜，讓美髮師將染劑塗蓋髮上。

小憩後再醒來，新的髮型已經吹整完畢，毛巾蓋布都拿開了，她在鏡子前愣了一會兒，困惑著為什麼頭髮是章魚色的。

坐在隔壁的高奶奶倒是笑盈盈地對她說：「妳真的很喜歡這個色啊？每次都紅通通的。」

「每次？這是我第一次弄啊，因為若銀說要來……」

想到若銀，她很快轉身對美髮師道謝：「謝謝妳，我去給我女兒看看。」

回到房裡，若銀已經等在那裡了，跟丈夫站在一起，站在她的櫃子上，一人一張照片的大小。

「妳好久沒有來，」她看向若銀：「我染了頭髮，怎麼樣？好看嗎？」

照片中若銀笑著，丈夫也笑著，大概是讚許吧？

丈夫留給若銀同樣的病，在舊家門口拍下合照的那時，丈夫已經末期，而若銀尚未發病。

那時他們還不知道，只短短幾年，九重葛密會後的盛夏，只剩下她。

「嫱甲若一蕊花咧。」

「疫情好像比較不嚴重了，妳要常常來。」她對若銀說，心底十分高興，腦子已經在想著下一次若銀來，要染什麼顏色才好。

變裝

這是小馬第二次穿女裝，他花了很多時間才搞清楚衣著上的鈕環、扭結和綁帶的位置。他明明非常瘦，但還是花了些氣力才把自己塞進若銀的洋裝裡。

若銀的梳妝檯還留有很多化妝品，小馬像鑑識員般將瓶罐整齊排列面前，一一上網搜尋比對：眉筆、眼線筆、睫毛膏、睫毛生長液（這能刷在後腦勺的禿髮上嗎？）、睫毛夾（好像刑具）、眼影盤、口紅、唇蜜；另一個抽屜有粉底液、粉餅、蜜粉……

眼前挑出的這些夠塗上臉了吧？還有好些無以辨識的瓶罐，得先無視。

點開 YouTube 頻道：「初學者的 6 步驟完妝教學」，年輕網紅從拍點化妝水開始，小馬也跟著照做。

接著在臉部幾處點上粉底液推開，這些東西令他想起剛搬來時，兩人一起粉刷家裡的每一面牆。

若銀膚色比他更白，加上在自己乾澀的臉上糊牆很難推勻，鏡中人實在像鬼，而且網紅的上妝6步驟，也沒有先說：上妝前得先刮鬍。

下巴和人中的鬍碴非常刺眼，但若要刮鬍一切又得重來，不如作罷。

「眼妝是重點，眼尾勾上去一點，看起來性感帶桃花。」若銀曾說，但他手拙勾不出，下場是越描越黑。

「如果不會畫眼線可以描粗一點沒關係，也可以畫好再用棉花棒沾卸妝油修飾。」小馬一步步學影片中人塗眼影、用刑具、刷睫毛。

這不是他第一次上妝，第一次是若銀替他化的，一樣是穿她的洋裝，那是一次賭輸的懲罰。

他很記得當時脣筆描在脣緣的觸感，末梢神經被撩動的微小興奮，他以大笑掩飾，若銀扣住下巴不讓他亂動，他感覺心底有豔麗的羽毛在搔。

「你是女人臉，」若銀的聲音又浮現：「化妝根本超美！」

賭輸的那晚，肯定比今天更美。

那時若銀已經懷孕，頂個大肚子，兩人喬裝好姊妹到夜市巡逛一趟。就算願賭服輸，剛出門時他也完全抬不起頭來。路人目光如燈，竟讓他覺得臉上有光，赫然發現扮女裝別有奇趣，若銀笑得闔不攏嘴，還替他買了雙高跟女鞋，今天正好派上用場。

歷經一番塗塗抹抹，再戴上那頂若銀最討厭的假髮，竟然看起來和她也有幾分相似。

他其實還沒有準備好要獨自以這身裝扮走出去，但他非得這麼做。特意選擇不開車，而是以步行的速度坦然迎接所有目光。

大白天的，陽光將他覆蓋在假髮下的頭皮悶出汗水，再一會兒可能臉上的粉會全部融糊，他用手帕在額角輕拭。

這點小汗阻擋不了他，「不過是角色扮演，又沒有傷害誰。」若銀說：「只能傷害老古板的價值觀。」說罷不忘叮囑他抬頭挺胸。

抬頭挺胸，十幾分鐘的腳程，高跟鞋淺踏幾下便已抵達。

校園中親子活動正熱，音樂和笑聲混成雲霧籠罩，可他的身影高大，一步入便戳開音籠，秒針靜默鴉雀無聲。他仍挺胸前進，聽見有人竊竊私語，或孩子崩然大哭。兩個調皮的小男生跑來拉他的裙子，隨即被他們的母親帶走。

小馬深吸氣假裝不受影響，往低年級教室方向蹬去。

有人從後方追上來，噠噠噠急躁。「你不能進來這裡！小姐，不，先生！先生！」校警大喊。

小馬不理，逕自找到教室，裡面除了上課的孩子們，教室後方還站滿了家長。呼喚的聲音凝聚教室裡所有眼光，這一次他沒有餘裕自我感覺良好，眼神急找他的女兒。

「爸爸！」朵朵喊他，他擦了口紅的嘴咧開來笑，向朵朵揮揮手，擦了指甲油的手部動作，也不自覺地優雅放緩。

「我的媽媽很愛漂亮，但是她已經離開我們了。媽媽走的時候，頭髮都掉光了，但是媽媽每天在我面前都會戴著假髮，因為媽媽很愛漂亮。媽媽走了，我很難過，我問爸爸，我還會再見到媽媽嗎？爸爸說，媽媽永遠活在我們心裡，隨時都能看見她。」

小馬和其他媽媽被邀請坐在講台上，聽著朵朵朗讀獻給母親的作文。他感覺到身上滿滿的眼角餘光，但他還是提醒自己：挺胸。

朵朵讀畢，在稀稀落落的掌聲中走向小馬，坐在小馬旁邊的位子上。

所有人都看著他們，帶著笑或奇怪的表情鼓掌。

「爸爸，母親節快樂。」朵朵小聲地說，小馬緊緊牽著女兒的小手，他感覺腮紅可能塗得太多了，整張臉熱烘烘的，和心一樣。

信的重量

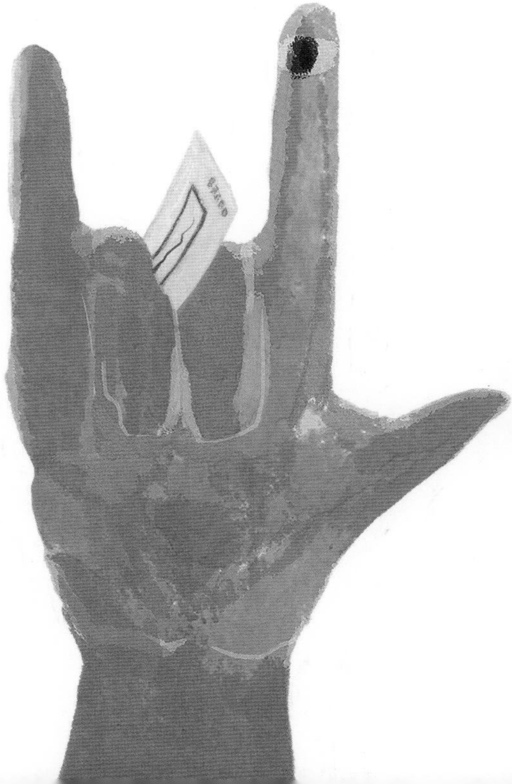

二十幾年來，趙茵茵每天都坐在視線被切成一半的公司櫃檯裡。視線的上半部是往來進出的人，下半部是一張她用不上的分機表。公司三百多個人名與分機組合，她不必看都能全記得，即使每月送舊迎新，她也能與時俱進。分機表旁還貼有幾張文件：郵資表、廠商電話地址、快遞資料等等，文件下面有兩具電話、兩籃郵件快遞：in and out，和一個她專屬的茶杯。桌面上還有一個電腦螢幕和鍵盤，用來進行各種行政庶務。

每天早上，趙茵茵會把 in 籃裡的郵件照部門分類，並固定在每週一、三、五的下午四點，將 out 籃所有郵件拿去郵局寄送。除此之外她也需要轉接電話、社內廣播、代收發快遞……枯燥的行政工作，她的二十多年如一日。

同事小馬在職已十六年，五年前他妻子過世，同仁們的白包也是由她負責收整。她如此記憶這個時間點，因為大約也在那時，趙茵茵開始了瑜伽和冥想練習。

每天花半小時對土地扎根，對宇宙投射念想，放空左腦開啟右腦……無一日間斷的練習，竟在某日替她開了第三隻眼。那眼睜在右手食指，看起來與一般人無異，但凡觸摸就能透視：無論是覆蓋的撲克牌，或開卡密碼信函，不必拆封就能知曉祕密的底層。

趙茵茵不是愛八卦的人，突然獲贈的天賦成為她私人的祕密，她知道自己當然可以靠一賭致富，但她只想平靜地過好原本的生活。

做為一家中型企業櫃檯人員，疏離冷默是本分。辦公室戀情、加密文件、極機密檔案傳遞儘管都會經過她眼皮底下，但她從未越線。

盡量讓人事物如常運轉，並將自己活得薄透，是她最舒適的生存方式。

幾分鐘前小馬來過，一如往常跟她買了平信郵票，然後將身體靠在及胸的櫃檯，塗上膠水黏貼在寫有亡妻名字的信封上，丟進 out 籃裡。

每月一次，收件地址是某個遠在外島的郵政信箱，五年來從未間斷。

「小馬真是個好男人。」如此人設深植同事心中，本來工作效率就好，主管對他評價向來很高，也有好幾個年輕女同事常對小馬投以愛慕眼光，但小馬從來都與她們保持距離。世界上真有這種深情的男人？以及，那些書信到底都寫些什麼？趙茵茵當然好奇，但又與她何干？

這天下班，趙茵茵打開抽屜拿出包包時，在座位底下發現一封掉落的信，是小馬上個月寄的，上頭郵票是當月發行的紀念款，因此認得。直接把信放進 out 籃鎖進櫃子，明天再一起寄出就行了，但不知道為什麼，她竟順手放進包包裡。

那是她第一次將工作帶回家，整個晚上她的心思都在那封信上：吃晚餐時想著、洗澡時想著、追劇時想著，甚至睡前也無法專心地進行冥想練習。

上面究竟都寫些什麼？我夢到妳了？我在等妳？女兒很想妳？

這信他打算寫到何時？信箱真有人會去收信嗎？收信人是他自己嗎？收了信然後自己再拆開來幫亡妻讀一遍嗎？

問題如跳躍的綿羊，接踵闖入趙茵茵的半夢半醒中。她只要摸一下，就能窺知真相，但她可以這麼做嗎？

在床上翻來覆去到凌晨三點，終於心一橫，殺死信守原則的天使，讓魔鬼伸出食指。

念力穿透信封，她看見裡頭有張薄便箋，但未能讀到任何內容。

她深深吐納讓自己更加專注，毫無縫隙地掃描整張便箋，仍然一個字都沒有，甚至也沒有任何圖像。

怎麼可能？但無論她摸了多少遍，結果都是一樣。

一封平信八塊錢，一個月花八塊錢就能經營出深情又高尚的人設，多麼便宜！

趙茵茵感到有點憤怒，她直接拆開那封信，果然只有白紙一張。

她從櫥櫃拿出一個大碗，點火把信和信封一起燒掉。

「這種東西就算沒寄出也不會怎樣吧?!」

紙輕透薄，一下子就燒完了，趙茵茵伸手取碗，赫然發現裡頭竟然沒有留下任何灰燼，卻有一小撮結晶體。

她用食指沾舔，嚐到苦苦的鹹味。

夜半突感飢餓，起鍋煮了顆水煮蛋，蘸著碗裡的鹽吃，才一口便感到無比悲傷，眼淚撲簌簌掉個沒完。

「怎麼會這樣？」鹽粒稀貴，她甚至捨不得再蘸，一顆蛋一下就吃完了，她瞬間胃口大開，但翻遍冰箱櫥櫃，都找不到任何食物，足以匹配這結晶的滋味。

棺材

11月7日。這天是趙茵茵的忌日，她的肉體死時八十歲。主治醫師記錄的死亡時間是天使數字：下午4點44分。老天垂憐，她即將要去更好的地方。

她的眼睛閉著，看不見他們在做什麼，這使她不安，但是現在無論如何都來不及了，她的腦使喚不了這具身體；嘴皮動不了，耳朵也聽不到。根據保險合約提示，他們會在幾秒鐘內用藥物保留她的意識。

那根針筒注射進來時，所有感官都醒了一秒。

一秒，她聽見金屬碰撞的聲音，還有巨大機器朝自己移動的聲音；一秒，她聞到消毒水的味道；那一秒，令她想起她的手指還有看見的能力；一秒之內，她以無人知曉的力氣挪動了那根手指。

一秒過後，一切都褪去，只剩下手指還能看。她的右手輕觸身旁的機器上，接著她看見，機器舉起一把光刀，輕輕切開她的頭皮，一個完美的圓形在頭頂劃下一片帶髮的皮。

四十歲那年，她給自己買了一份名為「生命之寶」的保單。既無伴侶，也沒打算生育，那時像她一樣無子嗣的人很多，保險公司推出一份照應單身老人下半生的超高額保單，並隨保單贈送健康追蹤晶片。

幾年前開始，體內晶片便不斷提醒她發現胎兒蛋白指數異常，須立刻就醫。彼時已七十八歲的她，早沒有一丁點想活的意願。她不想要任何醫療，醫療只是帶給將死的人類折磨。反正她早已一無所有，沒有親人也沒有未完成的事。她深信人就應該順應生死，不做抵抗，最好也別再投胎。

於是她任由癌細胞在體內擴散，死前她確實經歷過一些痛苦：厭食、嘔吐、皮膚發黃、全身無力。她沒向保險公司索賠，儘管知道理賠項目多到數不清，但病榻上她虛弱無比。

況且，索要錢財做什麼？死人又用不著。

但，她無法阻止保單另一個承保項目：在器官衰竭時，晶片系統會直接連線，允許救護單位進入她家，將她帶來這裡。

巨大機器伸出一根細長的針，插入她破開的腦殼，從裡面挑出一顆被藥劑包覆，核桃仁大小的東西，放上玻片。

一放上玻片，「我」立刻具體感覺自己變得很小很輕，像是飄浮的靈魂。「我」看見剛剛脫下來的皮囊，枯黃乾癟地擱在手術床上，像被淘汰的戲偶。那是趙茵茵，那根手指還立著，而它摸著的東西，竟使「我」還能看。

那麼，「我」是誰？

「我」試著回想一生，仍是趙茵茵的人生畫面，難道一切還沒死透？

機器正在掃描「我」，下一步將要上傳到另一個機器中，但步驟暫停中，等待「我」的確認：

「『生命之寶保單』內容依身故保險已經生效，您可享有意識上傳，與無限次更換義體的保險內容。複製並安裝完畢後，將重新啟動，請確認。」

一座棺材剛剛被推進來。

「我放棄所有權益。」

「本保單無法受理無生物認證之更改合約，若確定放棄，是否同意由『生命之寶』全權代理？」

「確認。」

棺蓋打開，裡面竟躺著一個3D列印，四十歲的趙茵茵。我看著她，略感陌生，畢竟是四十歲時的樣子，和八十歲的皺皮囊完全不是同一個模樣。

我突然想，若是回到那樣的身體裡面，人生從一半重新開始，會不會有新的機遇？

當趙茵茵成為他者，「我」竟突然覺得嚮往。

「義體將進行銷毀，請清空記憶。」機器無情地宣告。

棺蓋迅速掩上，組成棺材的六個面體開始向內推擠：長度變短、體積變小、從一個人的大小，被壓縮成一個魔術方塊，然後持續以超高壓推擠，直到變成擲地有聲的一粒塵埃。

「晶片記憶已全部清空完成。」

漠視

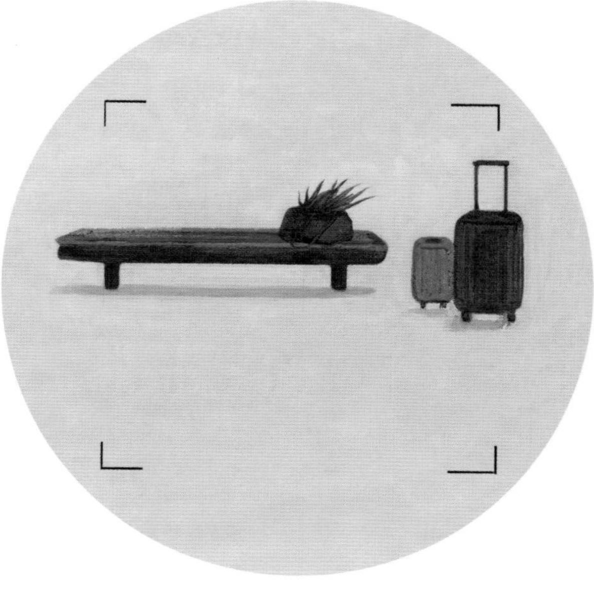

一顆籃球砸中我的臉，把我打歪了，從此我一直面對著草叢中的那張長椅。

長椅不知何時被貼上一張紙，寫著：「公園內禁止私設或堆置私人物品，違者將處新台幣1500元以上，9000元以下罰鍰。限於7/1前清除完畢，經告誡仍有不從者，得按次處罰。」

顯而易見，那張紙是貼給置放了大小行李在長椅旁的主人看的。那裡擺著一個中型拉桿箱、一個小登機箱，以及兩個四開大小的跑地攤款裝貨袋，每個裡面都塞了雜草。我曾見過這些行李，在我被打歪前，它們隨著主人移動，有時在苦楝樹下，或橋墩大石塊旁。

那是八個月前吧？第一次見她，天氣極冷卻身著短袖T恤長裙、腫脹脫皮的雙腳踩一雙夾腳拖，長髮及腰，拖著中型拉桿箱在公園晃蕩。

凍夜裡，她總在身上覆蓋紙箱，睡在另一個我也看得到的長廊底下，蜷過整個冬天。春天來時，她的拖鞋已經不見，拉桿箱生下登機箱，還多一只小旅行袋。她依然成日踞在公園，除了吃飯上廁所以外，大多時候都坐在同一個位置看向遠方。

公園裡有四個我，無論哪個我都不曾見過她與人交談。她像是一個行走的物件，偶爾她會短暫消失在我監視範圍內，有時會有好奇調皮的中學生，去掀翻她的行李，開腸剖肚後再將裡頭的物品：布偶、藥罐、衣物、日記本等棄置四處。

她總會默默撿拾回來，塞回箱包裡，那時的箱袋雖然鼓脹，但沒有雜草。

直到我被打歪後，才看見那些本來游移的行李，不知何時已定居在長椅旁。

時近夏日，草皮長得很高但一直沒有人來除，這次不知又是誰的惡作劇：長到小腿高度的草叢，被塞進了箱袋裡。青黃色紛紛亂亂，從袋口張狂竄出，行李變成了垃圾，一直以來默許她存在的平衡終究被打壞。默默地，她也成為等待被割除的對象。

我能看見她，我也一直看著她，但她並不知道。經過的人也都會看她，像看一個奇景，但她總是低著頭，讓長長的頭髮遮住自己的臉，讓寬大的衣物遮住自己的身體。

慢慢地有些事情我透過觀看逐漸知道；我逐漸知道，那些草並不是誰的惡作劇。只是，沒有人問我，我就無法說。

不知從何時開始，在那張長椅後面，每個晚上都會有一個男人，喝得醉醺醺地，把她從石頭上拉起來，拖過人行步道到長椅後方的草叢裡，把她壓在長椅和長草的遮擋之下，拉起她寬鬆的裙子。她的裙子底下赤裸裸的，如同她那丟了鞋子，腫脹長繭的腳，傷痕累累。

有時人們經過，聽見草叢裡的窸窣，甚會繞道而行。

完事後，男人就把她棄在那裡獨自離去，直到清晨天尚未亮，在第一個晨跑的人經過以後，埋身於草叢中的她，才像是被腳步聲驚醒，緩緩爬起身來。

我能一直看著她，因為我在高處，我看見每天早晨當她驚醒後，會從行李箱的前袋中拿出一把鑰匙，那有可能是她舊家的鑰匙。然後她用那把小鑰匙開始割草。鑰匙的齒牙駑鈍，一次僅能割下幾根，而草叢兀自茂密；一小把草莖默默被扯斷，塞進原本就鼓脹的行李箱中，像她微弱的呼救無人知曉。

規定罰鍰的日子到了，遠方走來一個穿背心的人和一個警察。他們討論著該如何處理那些垃圾，她離她的行李有一點距離，但她也聽見了。

我一直看著她。她站起來，背對著長椅和自己的行李，漸行漸遠，直到公園裡的每一個我，都再也看不見她。

但就算我還能看到，又有什麼差別？

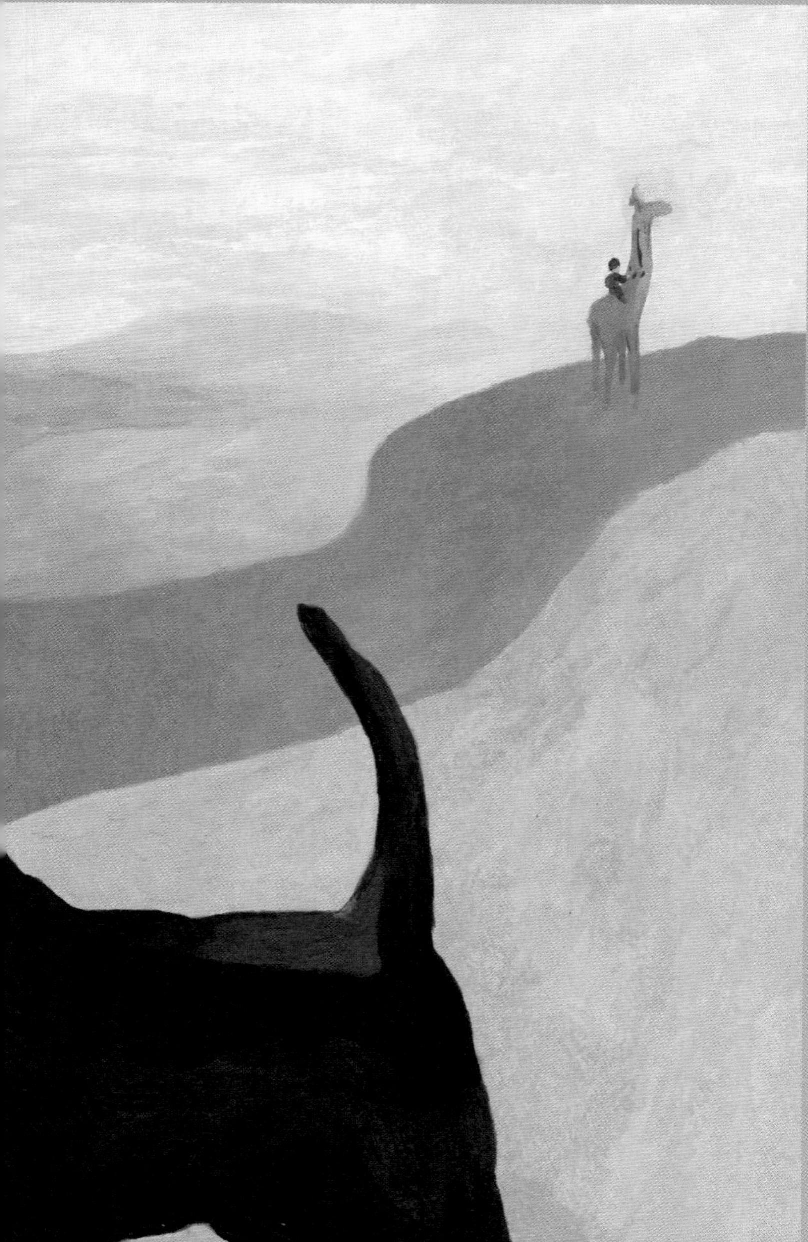

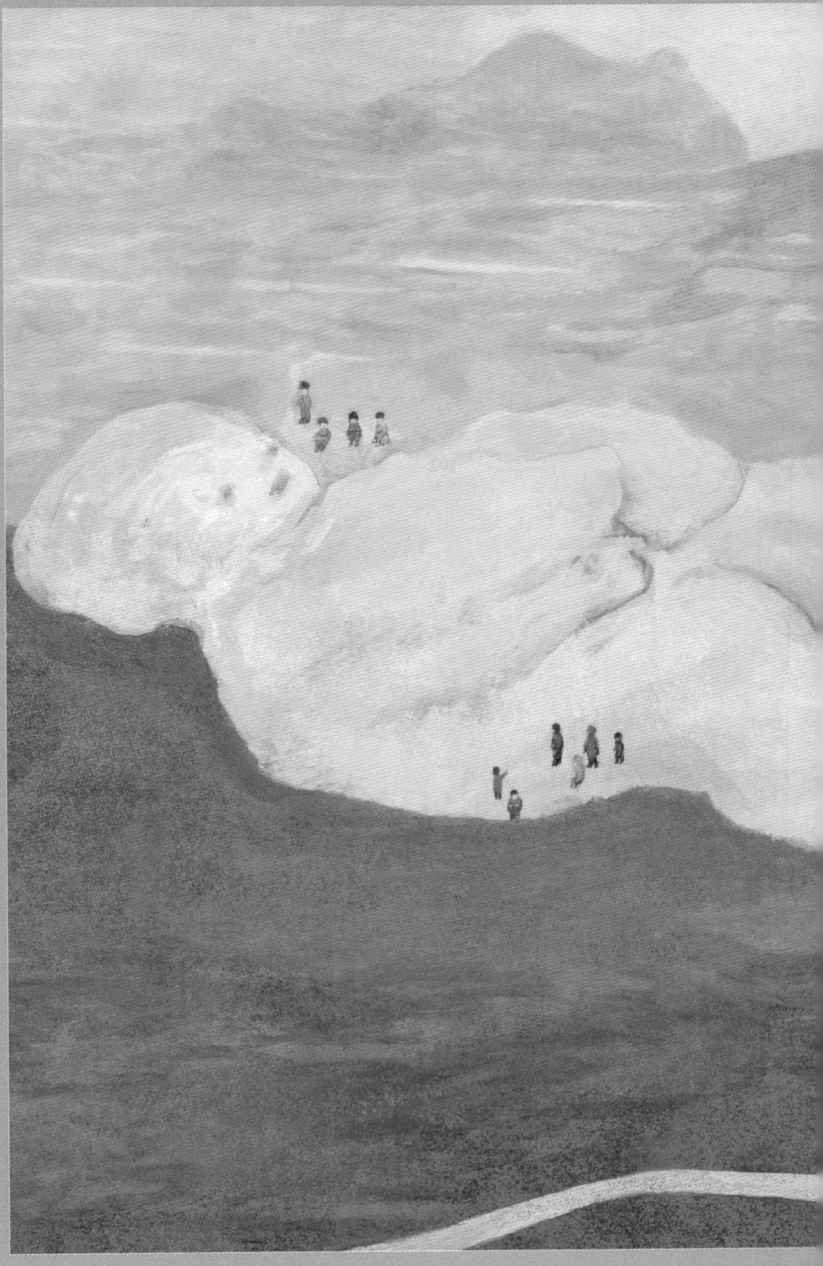

阿爸的森林

阿爸惜物，物若還有用，切不可被無視。凡見到路上有被遺棄的寶特瓶、紙箱、瓶罐，他總會掏出隨身的大塑膠袋，一個一個撿拾回家。

阿爸惜物，退休後無所事事，他總是踩著也是撿來的腳踏車，穿梭在巷弄間，貌似閒暇的午後散行，其實眼神猛烈如光，掃描路尾巷角，日日淨街從無懈怠。阿爸惜物且熱愛淨街，善行遠傳，鄰人常有成人之美，會將家裡的回收物直接置於他家門口。

兩個兒子，紀翔、紀均對此總感到憤怒。

然阿爸都概括承受，雖然比起接受餽贈，阿爸更喜歡靠自己的雙手獲得：家中的沙發是撿來的，三人座全真皮，除了邊角有一點磨損之外完好如新；紀翔睡的雙人床墊也是撿來的，那時紀翔還年幼，忽能小床換大床自是開心不已，長大後得知真相，向阿爸抗議，他卻說：「佗位毋好？無講你嘛毋知。」

阿爸最新的收穫是一台監視攝影機，紀翔問他東西哪來的，他說公園撿到，大概是被什麼東西打到掉下來的。

「這是侵占呢，偌是予人掠著欲安怎？」

「我就是怕去予別人占去，毋才緊紮返來。」阿爸得意洋洋，並將其安裝在門邊，當然無法連線，但他說沒關係：「賊仔著毋敢來。」

阿爸惜物，在這家裡物比人大，且橫行霸道：鞋櫃裡有鍋具、書櫃上有鞋子、沙發底下是廢紙，茶壺打開有陌生鑰匙，洗衣機裡能拿出壞的電風扇……經過阿爸多年訓練，全家人都是技藝精湛的魔術師。

阿母早亡，家裡剩下阿爸和兩兄弟。阿爸愛撿弟弟愛丟，阿爸再加倍奉還，三人生活無比熱鬧。有一天，紀均跟哥哥說，他在外地找了一份收入頗豐的工作，要搬走了，雖然自私，但這一切只能留給哥哥獨自面對。

紀翔沒說什麼，他也厭惡堆積，但就是放不下。

「是真的會放不下。」紀均大笑，紀翔不曉得弟弟笑的是他，還是這個家。

儘管想整理，但物事早已堆成巍峨的巨樹，若輕易削去枝葉，恐怕只是騰出新的堆積空間。

紀翔終得棄守，只要雜物不入侵自己的房間，他都能忍。萬沒想到去年某日，起床竟發現客廳沙發前面，妥妥地放置一幅巨大的婚紗照。紀翔不解，問阿爸照片中人是誰，阿爸說他也不認識，但這麼大的相框很少見，先放著以後可能有用。

可能有用的陌生夫妻成功占領紀家客廳，甜蜜摟笑彷彿慶祝勝利。紀翔越看越怒，也收拾起簡單行李，去找弟弟暫住。

弟弟說，不如讓哥哥帶阿爸去旅行幾天，他可以帶上整個農藥班的人把屋子清空。

「沒遐邇簡單。」紀翔總覺得，若阿母還在，阿爸不會變這樣。

阿母過身時，兩兄弟還很小。火化那晚，阿爸說要出門去散散心，兩人在家等到深夜肚子好餓好餓，阿爸才回來。手裡沒有晚餐，只挽著一件破舊紫紅色旗袍。他說，在巷子口的二手衣回收箱裡，看到這件旗袍。

「婚禮彼日，恁阿母就是穿這領衫嫁予我。」

印象中那是阿爸第一次撿東西回來，後來那件衣服一直掛在主臥房門背後，靜靜俯視這一家，所有的不捨都惹了塵生了根，直至千樹成林，不見天日。

兩週前，阿爸為了撿拾一只空瓶，人帶腳踏車一起摔落水溝裡，一天一夜後才被人發現，送到醫院已失去意識。

紀翔和弟弟都沒有見上他最後一面，甚至也不知道他們走後這段時間，阿爸一個人過著什麼樣的日子。

將阿爸下葬後，兄弟倆一起返家，不出所料，家裡堆滿了比之前更繁雜的物品，連條窄仄通道都不留。

家中門窗無用，光線被竊，那是阿爸一手育植的森林，紀翔甚至不知道阿爸平常睡在哪裡、在哪裡吃飯、如廁。但每個物品，彷彿都還留有阿爸的指紋。

紀翔讓弟弟先回去，自己騎著阿爸的腳踏車四處晃蕩。意外地在阿爸摔落的水溝旁，看見一只右腳藍白拖，印象中阿爸也有那雙拖鞋，紀翔把它撿起來用力甩乾，放在阿爸總是載滿戰利品的前車籃上。

紀翔思忖或許還能找到更多，踩著踏板搖搖晃晃地，巡視起整條路。

活著

四五月是農藥班最忙碌的日子，紀均卻束起來了。藥灑到一半，忽然下起雷陣雨，田中泥濘緊抓雙腳，極難移動，泉哥斟酌著要不要撤隊，還在遲疑，幾分鐘後又出了大太陽。

工作只得繼續，但地氣一熱，農藥被蒸得往臉上撲，紀均顧不了手上還拉著管子，一陣反胃，邊跑邊吐，吐了一地黃水仍覺得頭暈噁心。泉哥拿來牛奶和肝藥給他，要他先上來休息。

噴藥好賺，班裡都是他這種十六、七歲的新鮮肝，泉哥做了七八年，已經是代噴公司最資深的前輩。

「趁錢有數，做這途是慢性自殺，一定愛保護家己。」

泉哥把他載回來時才過午，阿爸就傳訊息來，問他這個月的錢怎麼沒匯過來？紀均心煩，回房倒床就睡。中毒跟中暑很像，又暈又倦，泉哥說那肝藥吃了會愛睏，強迫肝臟休息，今天就別過來了。他躺在床上昏沉，突然一陣心臟狂跳呼吸困難，瞬間就沒了意識。

再醒來時，身體竟已無病無痛，全好了。

沒錯，是在自己床上：靠牆那裡堆滿夾娃娃戰利品，床單還散著一股淡淡的藥味與汗味。哥的行李袋還在床尾，但人不在。

外頭天色漸暗，他打給泉哥但都撥不通，打給兄弟畚箕也沒接。肚子餓了，但工錢都當天賺當天花。早上沒領到，口袋只剩幾個銅板，他發動小50出去巡，看能遇到誰。

夕陽落在山後面，一下就消失了，田間路僅有微弱路燈，不遠小廟傳來熱鬧聲響，他催緊油門前去。

廟前只有一個舞台和供桌，紀均走進去，見無人伸手便扯下一隻雞腿塞進嘴裡。音樂乍然響起，他轉頭看，竟有台布袋戲正要開始舞！紀均心喜，一屁股坐在台前地上，右手舉肉塞嘴，左手又順桌摸上去，扯下另一隻雞腿。

布袋戲乒乓開演，音樂繁湊音質破敗，所有祝詞、樂器、口白甚至鞭炮聲都是預錄好的。紀均歪頭看戲台下，只有一個人高舉兩手亂舞。舞台燈旁有好多細蠅盤旋，埕子裡一個觀眾也沒有，他感覺不對勁，起身想走。回到車旁，車子卻怎麼也發不動。

初夏夜晚風涼，他想可能引擎太冷，便把車子立起來用腳踩，但這廢鐵還是沒動沒靜。狗吠聲由遠而近，一隻黑狗衝到不遠處對他狂叫，他撿起石頭驅遠牠，狗更生氣，叫到原地彈跳。

「靠夭啊，看到鬼呢！」

他想起小時，若是遇上老車發不動，阿爸都會先踩車，幾下之後再牽著車子助跑往前衝。重複幾次，車子就會噠噠噠地發起來。紀均便也照做，黑狗仍在不遠處又叫又跳惹人心煩，但車子已死無聲無息。

「遮爾暗你閣佇遮摸飛？」

轉頭看，竟是阿爸。

阿爸從他手中搶下龍頭，先用右腳踩了幾下引擎，接著牽車向前衝，車子竟瞬間發起來了，紀均猴子般跑上前，跳上後座。

黑狗還對著他們的車屁股吠，但沒追上來。

「你哪ē來遮？你用行ē？足遠呢！」紀均問。

「我欲借車。」

「你專工走來揣我借車？」

「你今仔日哪沒予我錢？」阿爸反問。

「透早毋知影中痧抑中毒，人不爽快，泉哥叫我先轉來歇睏，錢還沒發。」

「明仔載一定要提錢來。」

「知啦，錢錢錢，煩死。」

紀均嘴上和阿爸對罵，但人被阿爸載著卻莫名開心，夏夜微風吹散沁汗的皮膚，身體好像也乾淨了起來。車行經玉米田，空氣中仍飄散著農藥味。玉米長得比人高，價錢也高。每次噴大家還是會害怕，但要死不活跟留命做活，該選哪一個？

車停在家門前，紀均下車，轉頭又問：「你欲借車去佗位？」

阿爸沒說，小50噠噠噠地掉頭離開，他蹲在門梯前點了一根菸，抽完又躺回自己的娃娃堆裡。他想，還好有遇到阿爸，不然還以為自己死掉變鬼了。

再醒來時，陽光賞他赤辣辣的巴掌，他頭痛欲裂，起身看見泉哥的訊息：「有好一點了嗎？好了來領昨天的錢。」低頭看，哥的行李不見了，去哪了？

玉米一樣長得老高，紀均剛噴完一輪藥蹲在路邊休息，手機一直跳訊息聲，他才點起一根菸，便見哥哥傳訊息來，說阿爸昨天下午騎腳踏車出去沒回來，隔天被人發現死在水溝，他已經一早先搭車回去了，要他工作做完也回家一趟。

「起肖，」紀均咒罵：「幹！」

幹、幹、幹！

整支菸都燒完了直到燙手，他把菸頭甩掉，跳進玉米田裡，一根根玉米擋住他的去路，他走在玉米林中間，忽然身體被雨一把淋濕。

怎麼又下了？幹，剛的藥都白噴了。抬頭一看，不對，太陽好大，淋下來的是藥不是雨。四周都是玉米，是還能跑去哪？算了啦，都這樣了。

他蹲下來，再次感到陣陣作嘔，這次死定了，他好像吃到一大口，下意識吐了一灘黃水在地上，定睛一看黃水裡竟有隻翻肚的青銅金龜。紀均伸手想抓，還未碰到，牠卻忽然翹起後腳，奮力翻了一個跟斗，向外張開背上的一對翅鞘，啪嗒啪嗒地鑽進玉米叢裡，消失了。

假死

這世界上最安全的地方在哪裡？

青銅金龜奮力振翅，想先找到同伴。牠知道只要等到太陽落下時，去尋找太陽，那裡就會有同伴。

光是活下來就是很難的事，儘管現在看來後方並沒有誰在追捕，但牠們任何時候都會死，因為災害總是突然降臨的，像是：為了吃一口嫩葉在樹上攀爬，突然就被鳥吃了。

死亡無法先體驗後避免，所以對死亡的恐懼，早被深深刻印在牠的本能裡。

牠的身體從來不是活著，而是用來逃離死亡。身上的顏色為了方便隱藏，讓獵食者喪失判斷。天亮的時候只要現身就是危機，移動必須等到夜晚來臨，才能安全一路前行。

前行的祕密就是找到太陽。只要上方有光，就能確保飛行的路徑是直的，身體才能避免過多的繞行而衰竭死亡。

太陽總是很硬，一條路上有很多顆，每次太陽一亮都會擠上一堆蟲子。想找太陽的蟲子太多了，飛行變得很難控制，明明是用來當成飛行指標的，卻又常常一頭撞上。當然牠們的身體很聰明，一旦掉落地上一律假死。幸運的話翻個跟斗又活過來了。

避免死亡是活著的任務，一生總是疲於奔命，牠真的很想找到一個真正安全的地方。

如果在夜裡，試著往更多太陽的地方飛去看看呢？

早晨躲在樹上，到了夜晚再啟程，如此輪替，也飛過了好些個日落。終於牠抵達了太陽最密集的地方，有方形圓形長條形，整條街都亮晃晃的。

「想死就到城裡去。」有隻長相醜惡的飛蛾這樣告訴牠，說完牠不斷用身體撲撞一顆熱辣辣的太陽，沒幾下就掉在地上，掙扎，死亡。

好不容易飛到這裡，結果也是得死？不，還是先找棵大樹吧。

牠停在樹上，這裡有很多跟牠一樣的金龜，甚至有牠沒見過的花色，嗨嗨嗨嗨，這裡應該很安全吧？牠問。

沒有人回答。

嗨嗨嗨嗨……

一陣劇烈晃動，牠的腳抓不住樹枝，和其他金龜一起掉落。

假死假死假死，所有的金龜一起說，假死就不會被吃了。

但這次好像不一樣，牠們沒有掉在地上，沒有鳥來吃牠們，而是被一張薄薄的網給接住了。

那網子薄如牠們的翅，將牠們輕輕含著搖晃。

下一秒，網子掀開了，裝死裝死裝死，牠們都是天生好手。

「老師，我要這隻！」小男孩伸出小小軟軟的手指，將牠捏起來。

「小志要好好照顧牠喔！」網子的主人說。

牠被帶回家，裝進一個透明的方形盒子裡。牠腳下踩著安心的泥土，那個叫做小志的男孩每天都來看牠，餵牠吃果凍。這裡沒有樹，但牠猜測，這裡會不會就是世界上最安全的地方。

只是，如果這麼安全，為什麼沒有其他金龜？這不對，這代表著死亡很近。

死亡很近？或很遠。牠日日盤算：這畢竟不是一個可以單純活著的身體。為了避免死亡，牠得找到另一隻金龜問問。

每天，天上都會降下美味的果凍，牠能感覺到空氣流動，在那更上面，也有一顆太陽。放果凍是飛向太陽最好的時機，牠一定要趁那個時候出去找金龜。但牠失敗了好幾次，常常是因為果凍太美味，牠總是貪吃。吃完，空氣已經凝結了。

「我會死在這裡嗎？」牠想。

一天只有一次，錯過了，再計畫下一次。

牠想，明天一打開就直接衝吧？

牠想，明天不如假死吧？

牠想，太陽明明很近啊，果凍來了，先吃吧。牠想著的時候，死亡突然來臨了。

子非魚

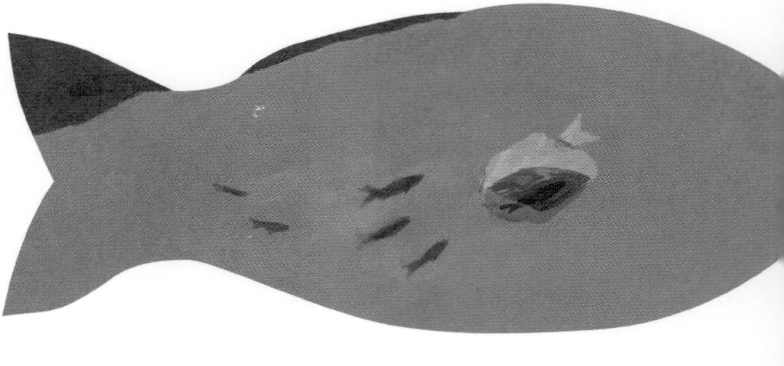

我們家每個人都很像。相聚時這種感受特別強烈，一起吃飯時總是無語，只顧著將飯食吞下肚。

我們家族龐大，住在一起久了自是無話，我呆望餐廳裡其他客人，約十來個圓桌，一個圓桌為一單位，三代或四代，多是以最長者為首，子孫左右蔓延開來，圍成圓形，象徵圓滿。

我倚在玻璃邊，看到又一家子正要進來，家人簇擁著滿頭銀白捲髮的老太太。她一席黑軟絨合身旗袍，胸前鑲綴碎鑽拼成的煙花，攬一領豐軟白毛披肩，在角落最大的圓桌主位坐下，過高的眉骨和嘴角堆滿笑意，將小孫子一把抱上旁邊的座位：「小志，跟奶奶坐。」

這桌來得略晚，隔壁的八人桌都已經上到第三道菜了，貴氣老太太這才悠悠端起菜單。

「我最怕過節了。」大姊也瞄了剛來的那桌一眼。

我上有三個老姊，下有兩個弟妹，我們都知道她怕什麼，我們都怕。自從爸爸走了之後，媽媽陷入恐慌憂鬱，我們以為不過是一時的憂傷，不料沒多久後，媽媽也跟著走了。

事情發生得很快，甚至來不及悲傷。大伯總說還好我們這一代都長大了：大姊才剛生完，二姊也懷著寶寶，但我覺得失去雙親所感受到的孤獨感，和年紀沒有太大的關係。

無味吃著飯食時，我其實都在巴望別人的餐桌，心底欣羨他們看起來是完整的一個家，能坐滿完整的一個圓。

「為什麼他們看起來都這麼開心？」我喃喃說道。

「吃個飯老擺張臭臉的只有妳。」大著肚子的二姊冷冷回答。

「妳這樣說，表示妳也同意他們在一起看起來很開心，對吧？」我問。

「我們也是和家人在一起啊，妳邏輯撞牆嗎？要是聚在一起就很快樂的話，哪還需要羨慕別人？」

「但我們又不是為了過節才一起吃飯，是因為每天都得吃飯。」我試圖狡辯。

「不管怎樣至少和家人一起，」本來一聲不吭的大姨忽然這樣說，我和二姊撇嘴別過頭去，但大姨還沒要放過我們，繼續說：「過節，一個人的那種最慘。」

我內心翻了個白眼，全家就大姨最沒資格說這些，媽媽當時算是被她害死的。

鑲鑽奶奶點好了菜，坐在她左手邊的兒子替她倒了一杯茶，她把茶推開，將空酒杯轉到面前，兒子和他旁邊的媳婦皺了皺眉，但還是默默幫老太太滿上。服務生拿著菜單不曉得跟老太太說了什麼，老太太站起來，一旁的小志吵鬧著說他也要去，老太太揚起笑容牽著小志的手，朝我們這兒走過來。

我和二姊同時注意到了，以最小幅度不著痕跡地挪動身體，但這屋房實在很擠，祖孫無限逼近，我們無路可退。

「我想當魚！」小志說。

「好棒啊～游來游去的。」鑲鑽奶奶隨口應付。

來了！我和二姊不客氣地用力拍動尾鰭，試圖把訊息帶給全家，眼前祖孫四目貪婪，我望見更遠處，一個服務生舉著網撈朝我們走來。

「喜歡哪一隻，我叫他們抓。」奶奶問。

「我想帶回家養。」

「說什麼傻話？」

奶奶伸出她戴著蔥綠翡翠戒的食指，指著我說：「這隻好不好？」

小志兩顆圓滾滾的眼珠子在我們全家流轉，網撈已經破在水面上了，服務生輕聲問：「這隻嗎？」

「就這隻。」

巨大網撈從天而降，戳進家屋，朝我猛攻而來，只見大姨已經躲到牆角邊嚷嚷：「大家靠在一起，趕快靠在一起！」

對了！那時也是這樣，大姨靠在牆角邊嚷嚷大家靠在一起，但當我的母親靠過去時，大姨卻忽然閃避溜了。網撈一把扣住母親沿著缸壁破水而出，便帶走了她。

除去大姨，我們全聚集在缸中央，朝同一個的方向游成一個漩渦。網撈切不進來，便往牆角的大姨方向滑去。

服務生問：「這隻行嗎？大小差不多。」

大姨一臉槁木死灰，擺動尾鰭想加入我們的漩渦，但網撈一起，我們隨即又散掉隊伍，不讓她進來。

「這隻有抱卵嗎？」奶奶問。

「妳要抱卵的嗎？」巨大網撈朝二姊方向破開水面，我們再次湧上，試圖用同樣的方式躲避。

「不，不要卵，膽固醇太高。」

語落，網撈不偏不倚落回大姨身上，靠牆角的她正好被網撈和缸壁扣住，直接破水帶走。

一缸子水波擺盪，驚甫未定，我游到最底啄食缸底的食物，大姨說得沒錯，年節時刻，一個人的那種，最慘。

奶奶牽著孫子回到圓桌時，隔壁桌正好上菜，我和二姊、弟妹遠望那桌動靜，一家只有四人，爸爸媽媽和兩個兒子，卻叫了滿桌子菜。

「你們怎麼吃那麼少？」

「叫太多了。」那家媽媽囁嚅著。

「過年嘛，」那家爸爸說：「吃不完的都幫我們打包。」那家爸爸說。

媽媽更低聲道：「冰箱已經放不下了。」

「妳不會清一清？」

剛上桌的清蒸全魚，面容還很清晰，我一看，是媽媽！沒想到還能重逢，我們姊妹激動地撞玻璃：媽媽、媽媽。

只見服務生將完整的媽媽倒進一個透明塑膠袋裡，袋裡有淺淺的湯汁，好似她也還在愉快地悠游。

祕密

燠熱難耐的夏日，氤氳整日的惡汗藏匿在皮膚深處，若不慎流淌時，總會引來陣陣刺痛。擁擠不堪的公車裡，人們屏住呼吸，但止不住毛孔更密集地洩漏悶臭。她提著沉重不堪剛買的菜屏住呼吸，彷彿游泳的吸吐練習，輕輕釋放氧氣，直到每一次車門開啟，才能再貪婪地深吸。

總算脫身下車抵家，卻未能鬆懈：兩個兒子幾分鐘後放學，兩小時後是丈夫，她的忙亂才正要開始。

身後的洗衣籃瞬間增了半個人高，這還算是好的，更多時候這些衣服像剛褪的蛇皮，隨地脫置在行經的走廊、椅子、門把或沙發上。

兩個男孩每天至少有四套衣服要洗：制服、運動衣，有時再加上睡衣和外出服。幾小時後，丈夫回來，白襯衫與深色西裝褲精準落在金字塔的頂端，等他們吃飽洗完澡，洗衣籃外再橫屍幾條毛巾和內衣褲。

幾年前生意失敗的債務，壓得他們夫妻喘不過氣來，只得把房子賣掉，租下這個偏遠市鎮的老公寓。生活的餘裕和空間都縮小了，沒得轉圜，但丈夫仍不改闊綽習慣，吃好喝好，總令她感覺生活更加侷促。

深夜的洗衣機在陽台呼嚨嚨地運轉，被落地窗隔離在外的聲響與冷氣壓縮機和鳴，成為催眠的白噪音。她睏極了，但也只能斜躺著等待。

身旁丈夫已經呼呼大睡，昨天她背上的新傷隱隱作痛，她趁機翻找出藥膏，卻因為無法自己擦拭還是放棄。

洗衣機顯示剩餘時間為32分鐘，她半躺著滑手機，喝醉了的丈夫總是睡得很死，打呼如雷，她小心地不要製造震動吵醒他。

但睡意仍然無情地拉重她的眼瞼，應該快洗完了吧？再一次起身，透過玻璃看見，表板剩餘時間怎麼還有29分鐘？若不是液晶計時器沒有緊跟在時間的維度上，就是她太心急了。

她打開落地窗側身走出去，一股熱風襲來，與開了冷氣的室內形成兩個世界，但她不想待在床上，那裡總是使人緊繃。

夏夜沒有晚風，剛洗好澡的乾爽皮膚很快又沁出一層薄汗。洗衣機還在嘩啦嘩啦，她再次確認門內的床上丈夫正完全熟睡，才悄悄將手伸進機槽底下。

那裡有一顆只有她才知道的神祕按鈕，按下，面板上的門鎖符號瞬間熄滅，她將艙門打開，望進裡面。

艙內海平面依舊洶湧，幾滴皂水噴濺到她身上也毫不在意。她逕自將一隻腳跨進門裡，在水中踩實了，再肚腹一縮鑽入整副身軀，收回另一隻腳。

關上門。

一關上門與外隔絕，浪就瞬間停了。水深及膝，她挺直腰，水面上泛著月光粼粼，一葉扁舟靜置其上無聲無擾。

順著艙筒內行走，水位漸深，她半涉水半游泳至舟邊，輕攀上去，舟上無槳，只有一根釣竿和一面撈網。她立起釣竿隨意垂釣，不顧身上還穿著棉質背心短褲，在舟底蜷縮側躺。

這是只屬於她一個人的靜謐之湖，可以任小舟浮載，時間靜止，沒有人能找得到她。

運氣更好的時候，像現在，釣線會被繃得緊緊的，小舟隨之微微傾斜。她連忙爬起來拚命捲動釣線。有了！魚身破出水面時更劇烈掙扎，奮力擺尾，她收線更加迅速。

聽說魚感受疼痛的方式與人類非常相似，逃跑反應足以說明當時的求生意志。

她忙用撈網撈起，放在小舟上，魚離了水仍在痛苦掙扎，她看見丈夫最愛的那件白襯衫，甩動釣竿勾起。

丈夫早有交代，那襯衫必得送去街口洗衣店清洗、漿燙。儘管生活種種開銷已經吃緊，他仍堅持外出必須體面。

家事日常忙亂，偶爾難免忘記送洗。又或是別的事，反正會被歸咎的錯誤必不會只有這一件。於是就會像這樣：抄起襯衫，蓋住彈跳不止的魚，往魚身出拳用力捶打，直到那條魚放棄掙扎，放棄求生意志。

她將襯衫丟回水中，撈起魚抱在懷裡，單手划著水行至艙門，打開，濕淋淋地回到陽台上。洗衣機拉高聲響開始高速旋轉，她躡手躡腳地走進廚房中，將魚鱗刮除、魚肚和鰓取出，清水沖洗乾淨後，打開冰箱放入。

冰箱莫名散發異味，她找出那包發臭的塑膠袋，原來是過年時沒有吃完的魚。

她沒有將它丟棄，而是打開上面的冷凍櫃，在無數包結凍臭魚中硬擠出一個空間，塞進去。

「是我的錯。」她再一次告訴自己，步履蹣跚地回到洗衣機旁，恰好聽見洗衣完成的提示聲，正輕快悅耳地響起。

阿紡洗衣店

因為母親過世的關係，多年後，她才又回到這座多雨的城市。

家中的洗衣店比記憶裡的更顯狹舊，如此窄仄小店，卻有著數台比例不相應的巨大洗衣機，日夜運轉著。

母親走後，父親照常工作，這是他們當年胼手打造起來的王國，三十多年的老店招上，還寫著母親的名字：「阿紡洗衣店」。

「名號了歹，規工紡沒停。」母親說的不知道是自己，還是這家店，所幸城市終年潮濕，這家店才能紡出一家人的生計。

她從小看父母在機器和燙台前忙碌，店裡充滿各種熟悉氣味，小時候她都坐在紡個沒完的洗衣機前寫功課，成績總是很差，半夜起來尿尿還常被吊掛天花板的衣服嚇到。她總覺得不喜歡這個家，心裡早早萌生離開的念頭，大學特意找了個異地學校，畢業後四處打工，晃晃蕩蕩一事無成，一走就是七年。

她從沒有想要接手父業，但回來後才知道，自己也沒資格看不起這家店。看似簡單的工作裡原來藏著各種魔鬼：衣服是鬼，上面總是沾滿各種不明髒污，汗漬、醬油、咖啡、機油漬、血跡、尿漬、還有大便。

熨斗是燙人鬼、洗衣機是吵死人鬼、漂白劑是脫皮鬼、洗劑是過敏鬼，客人們更個個都是鬼，不留名字電話，衣服一放就走了，只丟一句：妳爸知道。

父親只得一個一個，像教她認字那樣教認人：

王祕書幫梅總送洗的衣服都是名牌，只能乾洗；游建築師的西裝外套，洗之前一定要先檢查口袋，他常常把工具忘在裡面；樓上健身房教練，週六晚上會送一大包運動衣來，要戴口罩再拆，不然很臭；車隊的襯衫跟背心顏色不一樣，一定要分開；巷口那個賣麵的，他女兒皮膚會過敏，所以她的芭蕾舞衣一定要單獨洗，他說他要讓女兒長大去歐洲學跳舞；還有，飯店的廚師服每兩天會送來一批，來的時候記得拿前次洗好的跟他換。

父親真的認得每一件衣服的主人，他總說：「人逐工咧紡，衫嘛愛紡予乾淨，人才會精神。」

日復一日，吊掛架上的衣服漸漸不再是無名鬼。客人們活生生的，有名有姓，也和她漸漸熟稔。有時客人下班來取衣服時，若拿到才剛燙好、白淨且溫暖的衣衫，疲憊的臉上總會露出驚喜。

「剛出爐的。」她將剛燙好的襯衫交給計程車隊的徐大哥，看見他反覆用手心手背在溫熱的白襯衫上貼熨，感受熱度，好像連疲倦都被融化，原來這就是父親所說的：精神。

只是，衣服若沒了主人，精神要留給誰？

每天早晨穿上制服時，她總會看見母親的工作圍裙，老是掛在同一個地方，如今再沒有人穿它。

這段日子以來，自己笨手笨腳地接替下母親本來經手的工作，但父親卻一次也沒有提起過她。

離家那些年，偶爾會接到母親打來問候，或抱怨生活的電話，不過就是夫妻吵架吧她想，總胡亂敷衍過去，現在回想起來她的話語中，似乎多少包含著對父親的埋怨。

母親走得很快，父親卻似乎完全不受影響，喪事辦完便一如既往地開門做生意，她忽然驚覺這七年間，父母之間可能真發生了什麼變化，只是做為一個曾離家多年的女兒，她又該拿什麼立場過問？

每日早晨見了總要感傷，她決定取下那件圍裙，折疊好收進母親的衣櫃裡。翌日，她梳洗完畢，從飯廳走進店裡準備開店，卻發現母親的圍裙又被掛回原來的地方，她伸手想取，竟摸到衣物上還留著剛燙好的餘溫。

原來那是父親每日都要比她早起的原因，原來那句話對父親有這樣的意義：

「將伊的衫紡乾淨，自己才有精神。」

門口，父親正拿著鐵鉤拉開店門，總是多雨的城市，今天曬進了少有的陽光，洗衣機紡得隆隆作響，父親尋常在店裡開始忙轉，孤身面著光，影子拉得老長，在她眼中逐漸模糊了起來。

二婚

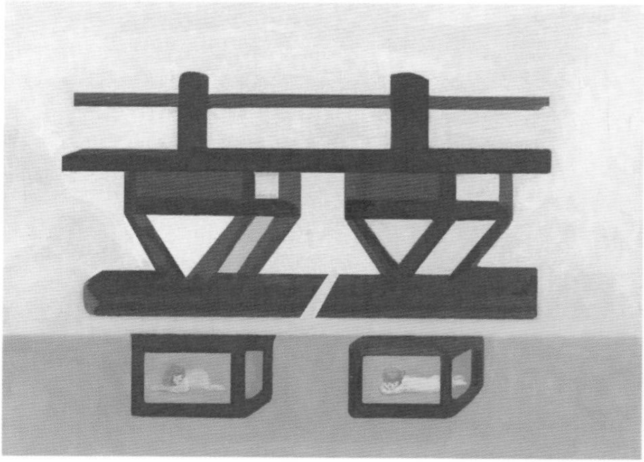

第二次結婚沒有婚禮，兩個人從同一張床起床。小婉一邊沖咖啡一邊幫小徐烤土司煮蛋。早餐組合二十幾年來沒變。小徐是那種可以每天吃一樣食物的人。

飯後，小婉換上一件平常用來參加婚禮的淡粉色洋裝，小徐則穿上平常跑車的白襯衫多打一條領帶，跨上小婉的小50。

這台小50是剛認識時小徐買給她的，因為零件老舊，一發動都會噴大量白煙，時常遭路人目光譴責，但小婉堅持不換，她說只要還載得動兩個老屁股，就不算老。

此時，小婉和小徐第二次在結婚書約上簽名，簽上去那刻，好像這三年間破裂的東西都修補好了。

三年前，小婉載小徐去辦離婚時，也是這樣。

起因是前一晚兩人為了幾張股票大吵一架，小徐氣不過，錢是他自己賺的，要幹嘛就幹嘛，小婉管得著？

「妳欲為著這寡錢，佮恁爸冤家，規氣離離矣。」

所謂「這點錢」，大約就是五萬塊之類，有人會為了五萬塊離婚嗎？平常他絕對不會，但喝了一整瓶高粱的小徐什麼鬼話都說得出來。

隔天小婉叫醒還在宿醉的他，迷糊頭痛中，小徐在離婚協議書上簽了字，小50照樣噴著白煙載著兩人，小婉甚至連證人都找好了，走出戶政事務所時，兩人已無瓜葛。

小徐自詡風流又專情，載客人的時候很會喇賽閒聊，當然是為了生意，有些客人因此常常跟他叫車。有一兩個獨身的女客也熱愛言語間的曖昧，你來我往，有時乾脆開車去喝茶唱歌聊心事。但他和她們約會都在外面，訊息也看完就刪，加上他跑車時間不固定，小婉根本不可能知道他在外面沾沾惹惹的小事。

也許女人這種生物，真的天生有什麼直覺吧？她可能多多少少知道了，難怪某天小徐回家時，看見她蹲在廁所剪花，口中還喃喃念著：「剪你的桃花、剪你的桃花！」

但小婉素來就迷信愛算命，電視頻道總在命理節目之間流轉，他並不以為意。

反而，離開之後三年間，他再沒有跟誰曖昧往來，自己在外面租了間小套房，更勤於跑車，一天15個小時，其餘時間都在家裡睡覺。那時的他有點像在懲罰自己，儘管在哥兒們面前，他都只說玩膩了。

某個奇幻的下午，一個路邊招的客人上了車，竟是與小婉十分要好的女同事，他還記得對方的名字，叫方方。以前小婉常和她一起去做指甲、逛街、按摩。

方方一上車立刻發現司機是小徐，馬上裝熟閒聊兼探問：最近好嗎？有交新女友嗎？都只有跑車喔？很不像你欸，不無聊嗎？

無聊啊，總覺得少了什麼。

小徐把導航跟跳錶都關掉，手抓方向盤刻意地轉巷子啊繞小路啊，也是想多知道一點小婉的近況：她最近好嗎？有交新男友嗎？都自己一個人嗎？不無聊嗎？

方方說小婉常埋怨：好像拼圖少了一塊。

於是兩人有了再一次的碰面。那感覺很怪，有首歌叫〈最熟悉的陌生人〉，在他腦中唱了又唱。

方方先暖了場子，隨後藉故離開，意圖太明顯了，小徐當然知道小婉有復合的意思，還是試探性地開了個玩笑：「我這塊拼圖應該很凸吼？」

小婉笑的樣子和以前一模一樣，她都沒有變，那一晚把話都聊開了，終於等到小婉說：「搬回來吧。」

兩人的二婚之夜，氣氛很好，但兩人沒有拼拼圖，只是手牽手躺在床上。

「其實妳願意讓我回來就好，不用再結一次婚也無所謂。」小徐說。

「有一件事我從來沒有跟任何人說過，連方方也沒有。」小婉說：「你知道那時候為什麼我堅持要離婚嗎？」

他轉過頭去看著她，心臟撲通撲通地跳。

「之前我去算命，他說：『妳這輩子會結兩次婚！』所以當你說『離一離』的時候，我就心想，被算命的說中了！這就是我的命，我會結兩次婚。」

「就因為一個算命嘴?」小徐難以置信:「就叫妳不要相信那些算命了,都在唬爛。要是沒聽他的,搞不好根本不會離婚。」

小徐很生氣,但今晚不可以生氣,無論如何都不合適。

「但我覺得,還是有變不一樣。」小婉柔柔地說。

「哪有?我們就躺在同一張床上啊,妳連床單都沒買新的。」

「有不一樣吧?你自己知道的吧?」小婉轉身背向他,語氣促狹。

小徐沒說話,伸長手臂把小婉抱進懷裡,那是第一次,他這樣抱著她直到天亮。

暈船

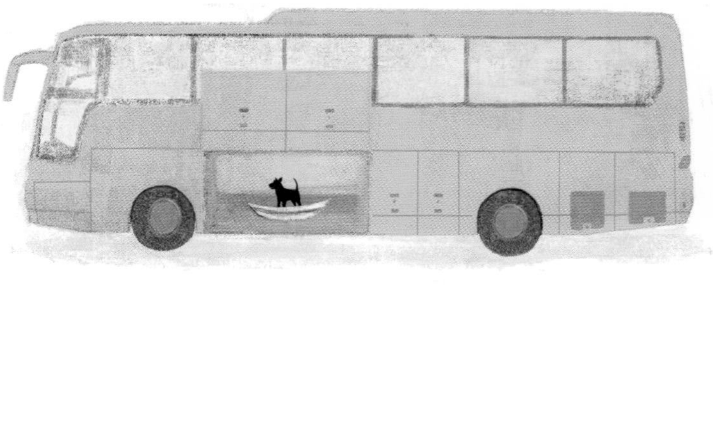

父親從來嚴謹度日，自小只會帶方方兩姊妹上書店和圖書館。一家人從沒去過遊樂園、沒爬過山、沒看過海，父親生性克儉，從不旅行，更別提上館子、購物，把自己的人生活得像一本草紙。

這樣的父親，能出什麼蹊蹺嗎？

那一天，方方見母親神情凝重，食不下嚥，問她發生了什麼事。她沉默半晌，才決定開口求助：「本來不想讓妳煩，但終究得讓妳知道。」

事發來自於母親友人張阿姨，看見父親在大稻埕附近買藥遛狗。

父親勤儉，但年紀大了就愛買些草藥補品，書房抽屜裡總有大大小小黑藥丸、一罐罐科學中藥陳列書櫃，家人盡知，本也不是值得關注的事，但母親一把抓到重點：哪來的狗？

果然張阿姨支支吾吾，欲語還休地續道，她也覺得奇怪，母親對動物過敏，什麼時候有狗？黑白混色，小小隻的放在地上跑，父親拉著牽繩，若要走進中藥店就抱在懷裡。父親像在探問什麼似的，老闆搖搖頭，父親出，狗放下，下一家，再抱起。

張阿姨描述得繪聲繪影：「最後我看他終於有買到藥，但卻走進一窄巷裡，那巷子曲曲折折，他熟門熟路，我還差點跟丟，最後看見他牽著狗進了一間公寓。」

母親找出張阿姨傳來的相片，一副很普通的門牌：「張阿姨說去問附近鄰居，只知道那一戶住著一對母女，媽媽五十歲左右吧，濃妝豔抹且神祕古怪，有養一隻狗！」

經福爾摩張的描述比對大小、體型、花色，已百分百認定是父親懷裡那隻。

方方不解：父親一生不屑享樂，要苦其心志要困乏其身，如此逆水行舟之人，莫非是因為太努力划船而招致暈船？

明明才剛要一起展開第一場家庭旅行而已。

數月前方方的母親剛辦退休，她一直想這一家子從來沒一起出去玩過，想趁還走得動時全家旅行。方方覺得父親絕不會應允，母女三人私下計畫良久，最後母親提及父親最近看了日本溫泉節目，也很想試試。

方方心中有數，計畫了蘭陽平原的溫泉之旅，小心翼翼向父親提報，口吻慎之戒之：「搭遊覽車很便宜，到了還有飯店接駁。」

父親漠然，也沒拒絕，沉默了半晌只問了句：不能搭火車嗎？

方方回：「走雪隧快很多。」父親竟就點點頭表示答應了。

方方頗感意外，想像各種可能：或許父親一直也想旅行，只是不懂規劃，或者對金錢的苛儉，在女兒願意全額負擔後也不成問題。

如果人生終究死不帶去，任何人都會想要留下回憶的吧？

偏偏，成行在即，一家子好心情，全被張阿姨的密報給打亂了。

出發前晚，母親面對攤開的行李箱發愣，方方則在父親書房外徘徊，去或不去，不知道怎麼開口較為恰當。

書房內傳出撥電話的聲音，方方豎起耳朵，一陣靜默後，聽見父親沉著嗓子說：「嗯，是我。好，我過去。」

父親出門後半晌，方方下定決心，拿起電話按下重撥。

果然，一個女子接起來：「喂？」

方方問：「我爸在妳那邊嗎？」她想下點馬威，讓對方知道家裡是知道的。

「妳爸是哪位？」

「他姓方。」

「方？喔，他剛剛拿完藥走了，妳記得跟他說，叫他上遊覽車前半小時吃，藥效三個小時。」

「所以妳是？」

「我代客煎藥的。」

「我爸願意花錢找人煎藥？」

「他沒花錢，代煎費一帖才50，他每次都說幫我遛狗抵煎藥費。」

父親一生克儉，方方從未把這個刻在性格裡的事與之相連，如今豁然。掛下電話，回到母親房間，母親的眼神，還跟行李箱一樣空空的。

「爸沒暈船，就是暈車，」方方淡淡地說：「他連50元都捨不得花，養不了女人，妳放心吧。」

極簡

是如何變成這樣的呢？現在我家客廳，倒臥著一隻真正的長頸鹿。

一開始我只是丟棄了幾只老鍋子。母親生前為了養家做過許多份活，裁縫、代煎水藥、清掃……母親離世後，一屋子的雜物令我發愁。

母親的離去讓我理解，人生真正需要的東西其實很少，非必要的購物往往只是為了填補內心的空乏。

那都不是我的。

我將母親的東西全扔掉，看著家中多出的空位令我感覺異常良好，而且關於母親的記憶仍然穩穩地留在我心底。

接著我把目標轉向自己的書櫃和衣櫃：半年以上沒有碰過的物品全部處理掉。我上網賣書、清理衣櫃、捐贈或丟棄物品，整理的過程中，才發現許多東西甚至沒被用過，都是捨不得用而收起來的，如今紛紛從深處出土。

簡直時空的夾層。

因爲過度喜愛，導致被我遺忘的物品告訴我：這世界上沒有恆長不變的情感。

於是一件又一件，我近乎發瘋似地拋棄。

扔東西刺激我腦內的多巴胺不斷分泌，我不斷壓低慾望和情緒，放下以物品留住回憶的想法，待回過神來，已如隔世。

家中所留下的東西都是必需品，僅小小的空間就能裝完，人生頓感無比輕鬆。興頭一來，連社群媒體也乾脆全部卸載，反正最後一次和朋友見面，也都是兩年前的事了。

我仍然會在早晨準時起床，除了工作以外不使用電腦或手機，天黑了就休息，與人交流原本就使我疲累，一想到自己再也不必在每次聚會中不知所措；不必為了被人打斷話語感到無力；更不必在聚會結束後，悔恨自己的不知所云……能將這一切拋下，令我感到無比輕鬆。

每天我躺在空蕩蕩的客廳裡，沒有書、沒有電視、沒有非看不可的動態，也沒有待清空的購物車。

我只有我自己。

還能夠再少點什麼嗎？我每天只關注這件事，並繼續將使用頻率低的東西丟棄，最後終於只剩下一個抽屜的物品。

我看著空曠的房間思索著：其實一個人也不需要住在這麼大的屋房。躺在床上發訊給房東告知月底退租，走出房門正準備弄點吃的，卻見一龐然大物橫亙在客廳。

我和媽媽曾養過一隻黑白狗，貴賓混瑪爾，三點多公斤，叫做米魯。抱在懷裡剛剛好的大小。與之相比，光是長頸鹿的頭，足足有米魯的兩倍大。我退到牆壁，盡可能看盡牠的全身：只見牠將身體折疊蹲踞，脖子橫亙與天花板貼齊，鹿茸頂著盡頭牆面，眨動著巨大的眼珠子俯視我。長頸鹿是我非常喜愛的動物，在捐出去的物品中有個鐵盒，裡面裝滿各式各樣材質製成的長頸鹿玩偶。

「嘿。」牠對我喊。

我驚愕地看著牠，又看向門，但門並沒有被破壞的痕跡。

「我可以在這待一會兒嗎？」牠說話的時候，偶爾會伸出藍灰色的舌頭：「我找了好幾個地方，但所有人的家都被物品塞滿了，只有妳家空空的。」

「你不是應該在動物園，或者森林之類的地方嗎？」

「就像妳曾經買過的長頸鹿裝飾品，妳對我展現出好奇與喜愛，我對妳也是。」

「對不起，那些都已經被我丟掉了。」

「真是遺憾。」

「你這樣不會不舒服嗎？呃，還是你想吃點東西？」我忽然意識到主客關係，在冰箱翻出一顆新鮮高麗菜。

「太棒了，但我要怎麼吃呢？」

好問題，我沒有能墊高的家具，而客廳長度也不足以讓牠把頭放低。

「你能不能試著把身體擺成對角線？」牠小心地蹭著巨大的身體，每一蹭，老舊公寓便如地震般驚天動地。幸好屋子長度足夠讓牠把頭靠地。牠張動脣齒，翻攪藍色的舌頭，三兩下就把菜吃個精光。

「我想問妳，」牠舔著掉落地面上的菜屑，溫柔的眼眸看著我：「把我丟掉的時候，是什麼心情？」

「我有一點猶豫，坦白說……」這是實話：「我確實非常渴望各種形式的陪伴……但我一想到，如果我今天就要死去，為我處理後事的人要怎麼面對這麼多東西。」

「妳有那樣的人選？為妳處理後事的人選？」

我和長頸鹿的對話停留在這裡就結束了，我無法回答牠，牠也不再理會我。

隔天我醒來，我以為那只是一場夢，但牠仍在，且眼神哀戚。

我冷靜地告訴牠：「我得跟你說，之後我要搬去更小的地方，所以可能無法收留你。」

「小還有更小，妳只是在縮限身邊的空間，以免自己感到寂寞。」

「我不是很懂。」

「想擁有更多是種貪念，試圖減少也是貪念。」牠側著頭說：「沒關係，妳儘管去吧，不用管我。」

我盡量不去想牠橫躺在那裡的事，但找屋著實不順，好像沒有比這裡更好的地方。當然我也試圖移動牠，亦是徒勞。

最後我決定致電房東，請他讓我延長租約一個月，但房租直接被漲了一成。

一整個月，我流連在各租屋網，不知不覺中，看的房子越來越大，租金也越來越負擔不起。我只得往更偏遠的地方尋找，竟讓我找到一個山裡的小木屋，租金很低廉，也不介意養寵物。

寵物？算嗎？

我打算在夜晚帶牠離開，為了讓牠能站起身，我將陽台的鋁門卸下。

「還好只是二樓，你的腳夠長嗎？」

「我以為這次妳也會把我丟下，我把妳想得太壞了。」

牠將頭掛在陽台的女兒牆上，用前肢勾住圍牆，縱身一躍，順利站在一樓的馬路上，我揹上簡單的行囊奔跑下樓。

站在門口，與牠對望，我才發現牠竟然如此高大。

牠低下脖子，讓頭與我的視線平視：「妳剛是不是在想，下樓之後我就會不見，其實這一切都是夢？」

我不語，我確實是這麼想，但我更強烈希望它不會發生。

我們並行在滿月之夜，長長的身影蜿蜒穿梭，留下行跡。

「其實如果妳丟下我，我就會立刻消失。」

「我早就知道了，」我說：「但我好像比你需要我，更需要你。」

「但我不覺得妳找的房子能收留我。」

「那我們要往哪裡去？」

「如果妳不想帶走太多東西，或許我們可以一直走一直走，我知道東邊有一條河，我曾經去過，想再去看看。」牠說。

「你知道嗎，沒有人能踏進同一條河裡。」我告訴牠。

「那又怎樣？」牠語氣輕快：「就算泡在裡面沐沐泅，也沒關係啊。」

「沐沐泅。」我笑出來：「或是，乾脆成為一條河？」

「那也很好，」牠重複著：「那也很好。」

後記——他人的刻痕

22歲那年，我在一家很小的廣告公司工作。某天我要上班時，一打開門，看見比我早出門教課的父親，滿頭滿臉都是血，連站都站不穩靠在我家鐵門外。我開門問他發生什麼事？他說被打了。接著他按下電梯，往最高樓層7樓住戶去。我爬樓梯追上，到的時候看見他把頭上汩汩冒出的鮮血，用雙手一次又一次地抹在對方家門口和牆上。

救護車很快就來了，我們在車上試圖釐清發生了什麼事：父親說，他一出門正要發動摩托車時，突然被好幾個人圍上來用球棒亂打，不是打他的背或身體，就是打頭。他一個人抵擋不住，混亂中聽見有人說：「警察來了！」打人的群眾才散。

事實上警察沒有來，感謝那個路人機智的一喊，讓我爸保住了一條性命。彼時父親就是一介高中教師，生活單純，是誰下的手？

父親說：前兩天他在電梯裡面貼公告時，被看見了。

7樓住戶剛買下那屋房時，客客氣氣，拿著兩袋衣架，說是自己公司生產的商品，因為裝潢打擾，因此送點東西順便打招呼，還說：未來這棟大樓的頂樓會有一個佛堂，歡迎大家一起靜心聽課。

這話聽在父親心裡不對勁了，於是打電話去各相關單位檢舉，但無效。公家機關卸責、逃避，只回應當時早已不能蓋違建，承諾會勘查，但對方顯然背景更硬，總之沒能檢舉成功。

父親因而直接在電梯裡繼續伸張他的權利，貼一告示：「頂樓為整棟大樓住戶公共區域，勿以佛之名，行侵占之實。應將公共區域歸還住戶。」

就是在張貼時被看見了，於是被鎖定了摩托車號。7樓落來的小混混，見到摩托車主便往死裡打。

我永遠忘不了那天出門上班前，看見門外站著的是滿臉鮮血的父親。

後來事情被同棟大樓也篤信佛教的鄰居勸合了，對方也來道歉，事情沒鬧大，母親一直檢討父親不該多事，那陣子我出門包裡都帶一根木棍，這樣的日子長達一年多。

多年後某天，我把終於拍完的底片膠捲拿去沖洗，那是一次跟朋友出去遊玩的照片。從紙袋中拿出洗好的照片，裝在透明膠袋的最上面兩張觸目驚心：是父親在醫院裡時，急診室醫師將受傷區域的頭髮剃掉，縫了兩條長長的蜈蚣在頭頂的樣子。

惡意是無所不在的，一點點小事就會有人要取你的命——22歲時的我，被迫這樣重新認識這個世界。

25歲時我才開始寫作，從來也不是文藝青年，純粹只是當時待的公司生意很差，上班太無聊所以寫了篇像是小說的東西，投稿部落格的徵文，竟然就被選上了。接著就是個稍微年長的文青去上文藝營、寫作課，認識一票朋友，卯起來投文學獎的歷程。

廣告公司的上班時間夠長了，但我還是可以擠出週末的一點點下午，或是睡前的一點點清醒，把遇到的鳥事、兒時的創傷等等，改個主角、換個場景、挑個情節改寫成一篇「虛構小說」。

漸漸地小說寫得有點成績了，那時並沒有所謂社群媒體，但你在最熱門的搜尋引擎搜尋我的名字，會看見有人在當時的某電子報發表一篇文章指名道姓地罵我，說我寫的小說傷風敗俗。

這兩件事完全沒有關係，很多事彼此之間沒有關係，但每一件都多少形塑了現在的我。

人生難免遭逢各種爛事。小事還能上網貼文藉以抒發，即時收獲回應，事情得以很快放下。然，有些事不在計畫中發生，變成刻在內裡的恐懼；或者一次偶然，卻為整個人生轉了舵。

生命若是一條長河，我們或者奮泳向前，或者沐沐泅（bók-bók-siû）隨波逐流，泛起的無論是漣漪或波瀾，都可能共振身旁的人。

人和人的萬有引力，正是彼此錯身時留下的生命刻痕，所有相遇，都是課題。

當有人問我：妳為什麼寫小說？我答不上來。能夠用來回答別人的答案，無法用來回答我自己，反而會陷入不知道自己寫作意義是什麼的困境之中。我只知道，所有虛構都立基於某種真實，它們可能來自我的生命觀、成長歷程、所見所聞、信念、揣測、詮釋、恐懼、延伸、質疑、並試圖回答質疑等等。

善讀的人，或許能抽絲剝繭，看見作者最真實、赤裸的樣貌，然我仍保有不現身的自由。

這本集子的故事，有幾篇來自２０２１年（彼時還存在的）《幼獅文藝》雜誌專欄〈蟬翼摹寫本〉，感謝當時邀請我撰寫專欄的引人：丁名慶先生；感謝郭鑒予所繪的美麗圖畫；感謝編輯建偉遞出的橄欖枝。也感謝寫作以來，一路上所遇見的善意，讓我可以繼續包裝真實、書寫故事。

小說做為一種膠囊，將「我」平安地送達每個要去的地方。多年後我深深體會到，自己其實是被文學所保護的人。雖然偶爾，那個滿頭鮮血的畫面還是會出現在我的恐懼裡。虛構不可能無傷無損。那包藏在其中真正的內核，是作者歷經時間的淘洗刻劃，而得到的生命觀點。也正因如此，虛構才不致只是一則看過即滑開的妄言。

註：另外還有一件事相關又無關的事沒說：當初協助和解的鄰居，多年後竟然在電視新聞中見到，因違反國安法而遭逮捕。

沐沐泅吧沒關係 / 洪茲盈文字 . 郭鑒予插畫 .
-- 初版 . -- 臺北市 : 時報文化出版企業股份有限公司 , 2024.09
184 面 ; 12×18 公分 . -- (大人國叢書 ; 23)
ISBN 978-626-396-726-7(精裝)

863.57　　113012773

大人國叢書 23 —— 沐沐泅吧沒關係

作者—洪茲盈　繪者—郭鑒予　美術設計—平面室、郭鑒予　校對—簡淑媛
行銷企劃—鄭家謙　副總編輯—王建偉
董事長—趙政岷
時報文化出版企業股份有限公司
108019台北市和平西路三段240號4樓
發行專線—02-2306-6842
讀者服務專線—0800-231-705．02-2304-7103
讀者服務傳真—02-2304-6858
郵撥—19344724 時報文化出版公司
信箱—10899台北華江橋郵局第99信箱
時報悅讀網—http://www.readingtimes.com.tw
電子郵件信箱—ctliving@readingtimes.com.tw
藝術設計線 FB—http://www.facebook.com/art.design.readingtimes．IG—art_design_readingtimes
法律顧問—理律法律事務所　陳長文律師、李念祖律師
印刷—科億印刷有限公司
初版一刷—2024年9月20日
定價—新台幣520元

ISBN 978-626-396-726-7
Printed in Taiwan

時報文化出版公司成立於一九七五年，並於一九九九年股票上櫃公開發行，於二〇〇八年脫離中時集團非屬旺中，以「尊重智慧與創意的文化事業」為信念。